Adolf Kohut

Rossini

Musiker-Biographien (Vierzehnter Band)

Adolf Kohut

Rossini
Musiker-Biographien (Vierzehnter Band)

ISBN/EAN: 9783744638494

Hergestellt in Europa, USA, Kanada, Australien, Japan

Cover: Foto ©Raphael Reischuk / pixelio.de

Weitere Bücher finden Sie auf **www.hansebooks.com**

20 Pfennig. 12 Kr. ö. W.

Universal-Bibliothek

2927

Musiker-Biographien.

Vierzehnter Band:

Rossini.

Von

Dr. Adolph Kohut.

Leipzig.
Verlag von Philipp Reclam jun.

Musiker-Biographien.

Erinnerungen an Richard Wagner.
Von H. von Wolzogen.
Nr. 2831.

Gesammelte Schriften über Musik und Musike
von Rob. Schumann.
Herausgegeben von Dr. Heinrich Simon.
3 Bände. Nr 2472/73. 2561/62. 2621/22.
Alle drei Bände in einen Band gebunden 1 M. 75 Pf.

Musikalische Aphorismen.
Citate aus den Werken großer Philosophen, Schriftsteller in
Tonkünstler. Gesammelt und herausgegeben von P. Girschner
Nr. 2040. 2. Auflage. — In Ganzleinenband 60 Pf.
Höchst eleg. mit Goldschnitt geb. 1 M. 20 Pf.

Kurzgefaßte Allgemeine Musiklehre
von C. A. Herm. Wolff,
Kapellmeister und Lehrer der Musik
Nr. 3311. — Geb. 60 Pf.

Allgemeine Musikgeschichte.
Populär dargestellt von Dr. Ludwig Nohl,
Dozent der Musikgeschichte an der Universität Heidelberg.
Nr. 1511/13. — In Ganzleinenband: 1 Mark.

Handlexikon der Musik.
Eine Encyklopädie der ganzen Tonkunst.
Herausgegeben von Friedrich Bremer.
Nr. 1681/86. — In Ganzleinenband 1 M. 75 Pf.

(Musiker-Biographien.)

Vierzehnter Band:

Rossini.

Von

Dr. Adolph Kohut.

Leipzig.

Druck und Verlag von Philipp Reclam jun.

Biographie Rossinis

von

Dr. Adolph Kohut.

.

Vorwort.

Gioachino Antonio Rossini, der hochbegabte, geist=
reiche, fruchtbare Tondichter, der vielseitigste und zugleich
reinste nationale Komponist der neueren italienischen Oper,
ist von der einen Seite maßlos vergöttert und von der
anderen Seite blindlings verurteilt worden. Auch in Deutschland ist er leidenschaftlich geliebt, aber noch mehr leidenschaftlich gehaßt worden; die ausschließlichen Verehrer der
klassischen Vergangenheit, welche für das bel canto schwär-
men und denen die Kantilene über alles geht, konnten an
dem divino maëstro, dem Klassiker der italienischen Musik,
keinen einzigen schwarzen Punkt, kein Fleckchen entdecken,
während die Anhänger der national=deutschen Oper für ihn
nur Hohn und Spott hatten und ihn bloß als einen ge=
schickten Effekt=Komponisten, als den Virtuosen des Cres-
cendos, ohne Tiefe und Innerlichkeit, gelten lassen wollten.

Die nachstehenden Blätter verfolgen lediglich den Zweck,
Rossinis Leben und Wirken, sein Wollen und Schaffen aus=
schließlich aus seiner Zeit und seinem Volk heraus zu beurteilen, ohne Voreingenommenheit, ohne Vergötterung, aber auch
ohne Gehässigkeit: sine ira et studio. Jetzt, nachdem am
29. Februar 1892 hundert Jahre seit der Geburt des
„Schwanes von Pesaro" verflossen sind, ist es endlich an
der Zeit, diese ebenso anziehende wie bedeutsame kultur-
geschichtliche Erscheinung objektiv zu beurteilen und Licht und
Schatten gerecht zu verteilen.

Hoffentlich wird diese aus den besten, zum Teil auch neuen, Quellen geschöpfte Lebensbeschreibung ein Scherflein dazu beitragen, die halbvergessene Gestalt des als Mensch wie als Komponist gleich groß bastehenden alten Meisters dem Bewußtsein der Gegenwart näher zu bringen.

Berlin, 15. Februar 1892.

Dr. Adolph Kohnt.

Gioachino Antonio Rossini.

1. Die erste Jugendzeit, Erziehung und Bildung. — Der kleine Sänger. — Die Vorliebe für deutsche Musik.

(1792—1809.)

Gioachino Antonio Rossini, der Klassiker der italienischen Musik und einer der größten Opernkomponisten aller Zeiten, wurde am 29. Februar 1792 in Pesaro, der jetzigen Hauptstadt der italienischen Provinz Pesaro Urbino, an der Mündung der Foglia ins Adriatische Meer und an der Eisenbahn Bologna-Ancona, geboren. Pesaro gehörte damals zum Kirchenstaat, bis es 1860 an das Königreich Italien kam. Von seinem Geburtsort führt Rossini gewöhnlich in der Musikgeschichte den schmückenden Beinamen: „Schwan von Pesaro", gerade wie Shakespeare der „Schwan von Avon" genannt wurde und wird. Wie Pesaro jetzt durch seinen größten Sohn Rossini berühmt ist, so spielte es bereits zur Zeit, als die Herzöge della Rovere — im 15. Jahrhundert — die Stadt besaßen, als der Mittelpunkt der italienischen Litteratur eine hervorragende Rolle, und man begegnet dort noch den leuchtenden Spuren Torquato Tassos und Leonorens von Este, die oft dort weilten. Etwas von dem sonnigen Abglanz seiner Musik spiegelt sich in seiner reizenden Geburtsstadt mit ihrer anmutigen Lage an den schattigen Ufern des Mittelländischen Meers wieder. Ohne Zweifel hat die herrliche Anmut Pesaros und seiner Umgebungen viel dazu beigetragen, schon frühzeitig in die Seele des hochbegabten Knaben die Keime des Schönen und der Poesie zu pflanzen.

In Rossinis Adern rollte Künstlerblut. Sein Vater,
Giuseppe Rossini, gehörte zu jenen ambulanten Musikanten,
die, ohne festes Engagement, ihren täglichen Unterhalt durch
ihre Kunst zu verdienen suchen. Als Hornist und Stadt-
musikus durchzog er die Jahrmärkte von Sinigaglia, Fermo,
Lorli und anderer kleinerer Städte der Romagna. Seine
Mutter, Anna geb. Guidarini, gehörte auch der Kunst an.
Sie soll sehr schön gewesen sein, hatte eine hübsche Stimme und
zählte zu den sogenannten zweiten Sängerinnen — secunda
donna, zum Unterschiede von den Primadonnen. Sie unter-
stützte ihren Mann durch ihre Kunstfertigkeit, denn während
er im Orchester spielte, sang sie auf kleinen Bühnen. Ich habe
mit Italienern gesprochen, welche noch die im Jahre 1859,
im hohen Greisenalter, gestorbene Dame gekannt und gehört
haben. Sie schilderten sie mir als eine der schönsten Frauen
der Romagna. Namentlich gefiel sie in Bologna, sowohl
durch ihre Künstlerschaft wie durch ihre reizende Persönlichkeit als secunda donna am dortigen Theater. Das Ehepaar zeichnete sich durch große Sparsamkeit aus; es kaufte
sich daheim in Pesaro ein kleines Häuschen und konnte so
das einzige Kind, welches ihm der Himmel geschenkt hatte, so
sorgfältig als möglich erziehen. Die Mutter hing Zeit ihres
Lebens mit großer Zärtlichkeit an ihrem Einzigen, und dieser
war stets ein gutes und dankbares Kind. Der Stadt-
musikus von Pesaro, den seine Kameraden „il Vivazzo" zu
nennen pflegten, war ein Italiener durch und durch: trotz
seiner Sorgen um die Existenz heiter, leichtlebig, nicht über
die Zukunft nachdenkend, rasch erregbar und Feuer fangend.
Zu den trübsten Erinnerungen des Knaben gehörten die Ereignisse des Jahres 1796, als die Franzosen den Kirchenstaat besetzten und ihn zu einer Republik erklärten. Giuseppe, ein leidenschaftlicher Republikaner, nahm für die Sieger
Partei, und als die Österreicher das alte Regiment wieder-
herstellten, wanderte Rossini senior ins Gefängnis. Die Er-
ziehung des Kindes und die Sorge für dasselbe blieb also

allein der Mutter überlassen. Da sie von Stadt zu Stadt
ziehen mußte, um ihren Lebensunterhalt zu gewinnen, konnte
sie den Kleinen nicht selbst überwachen, sie gab vielmehr
ihren Liebling in die Obhut eines Garkochs. Man kann
nicht sagen, daß der aufgeweckte Junge in den Disciplinen
besondere Fortschritte gemacht hätte; er studierte zwar latei-
nisch und Musik, aber ohne sichtlichen Erfolg, was nicht so
sehr eine Folge seines Talents als der Ungeschicklichkeit und
Planlosigkeit seiner Lehrer war, die es augenscheinlich nicht
verstanden, ihn zu behandeln. Gleich so vielen Genies, welche
später die Welt mit ihrem Ruhme erfüllten und die bahn-
brechend wirkten, wurde auch ihm von seinen beschränkten
Lehrern das Talent abgesprochen. Wie das tyrannische System,
welches man im Unterrichte dem Knaben gegenüber anzuwenden beliebte, beschaffen war, kann man schon aus dem
einen Beispiele ersehen, daß man ihn beim Klavierunter-
richte zwang, für die Tonleiter nur zwei Finger anzuwenden.
　　Der kleine Widerspenstige wurde schließlich zu einem Grob-
schmied in die Lehre gethan und der Störrige, welcher für
dieses Handwerk nicht die geringste Lust bekundete, mußte
den Blasebalg treten, wobei seine Spielgenossen, um ihn aus
Strafe zu verhöhnen, ihn spottend umstanden. Diese Kur
scheint eine radikale gewesen zu sein, denn Gioachino erklärte
plötzlich, er wolle sich nun mit allem Eifer der Musik widmen.
　　Das eigentliche musikalische Studium begann erst im
Jahre 1804, als er bei D. Angelo Tesëi im Klavierspiel,
Gesang und Kontrapunkt unterrichtet wurde. Nach einigen
Monaten schon gewann der junge Gioachino einige Paoli
durch Singen in der Kirche. Von seiner Mutter erbte er
schöne Stimmmittel, und bald konnte er vom Blatte singen.
Da er nicht allein mit einem schönen Sopran, sondern auch
mit einem ansprechenden und anziehenden Äußeren und
einem liebenswürdigen, gefälligen Wesen begabt war, lenkte
er bald die Aufmerksamkeit der Kunstfreunde auf sich. In
erster Linie war es die Geistlichkeit, die sich für ihn interessierte.

Er sang in den Kirchen, aber auch auf dem Theater zu
Bologna; u. a. trat er als Knabe in Paërs „Camilla" auf.
Neben Tesëi war es auch der Tenorist Babini, der ihn er=
folgreich im Gesang unterwies. Die Zeitgenossen rühmten
an dem Knaben von acht Jahren, daß er in den Kirchen=
musiken besonders das „Laudamus te" und „qui tollis"
meisterhaft vorgetragen habe; ebenso rührend sei es gewesen,
in dem schönen Kanon: „Sexto in si fieri instante" ꝛc.
seine sympathische Sopranstimme zu hören. Die Bologneser
prophezeiten ihm schon damals, daß er einst der größte
Sänger Italiens werden würde. Soviel mir bekannt ge=
worden, hat Rossini sonst an keinem anderen Theater als
dem Bolognesischen gesungen.

Am 27. August 1806 verließ er Bologna, um eine musi=
kalische Wanderung durch die Romagna zu unternehmen.
Zu Lugo, Ferrara, Sinigaglia und in anderen kleineren
Städten fungierte er als Kapellmeister, d. h. stand als
Direktor des Orchesters am Klaviere. Er studierte den
Sängern ihre Rollen ein und leitete die Chorproben. Da er
jedoch fühlte, daß seine musikalische Ausbildung noch manches
zu wünschen übrig lasse, trat er, fünfzehn Jahre alt, im
März 1807 in das Lyceum zu Bologna, um sich zu ver=
vollkommnen. Dort erhielt er vom Pater Stanisleo Mattei
im Kontrapunkt Unterricht. Anderthalb Jahre brachte er
auf dieser Musikakademie zu, ohne freilich jene Förderung
zu genießen, welche er erhofft hatte. Padre Mattei war ein
gelehrter Pedant ohne besondere pädagogische Begabung, dessen
kontrapunktistische Weisheit auf die Feuerseele des jungen
Künstlers nur geringe Anziehungskraft ausübte. Viel mehr
Anregung bot ihm die reich ausgestattete Bibliothek der An=
stalt, welche er fleißig benutzte. Das außerordentliche Talent
des Jünglings wurde im Lyceum bei Zeiten erkannt, und
als es sich darum handelte, die Komposition einer Kantate
für das große alljährlich stattfindende Konzert dem besten
Schüler zu übertragen, wurde er mit dieser ehrenvollen Auf=

gabe betraut. Sein Erstlingswerk hieß: „Pianto d'Armonia per la morta d'Orfeo" und wurde mit lebhaftem Beifall aufgenommen. Übrigens fing er schon früher zu komponieren an, und sollen seine ersten Versuche noch im Archiv des Lyceums ruhen. Nach Fétis hat er um jene Zeit auch verschiedene Streichquartette, eine Messe für Männerstimmen, Soli und Chor mit Orchester und Orgelbegleitung geschrieben. Gewiß ist, daß 1809 ein Liebhaber in Ravenna bei ihm eine Messe und einen nach dem Muster der Zauberflöten-Ouvertüre gearbeiteten Orchestersatz bestellte. Während der Maëstro die letztere Partitur nach der ersten Aufführung zerriß, scheint die in Ravenna aufgeführte und von dem Grafen Capi, einem trefflichen Dilettanten, dirigierte Messe sehr angesprochen zu haben. Dem Kapellmeister sollen sich zu dieser Aufführung u. a. elf Flötisten, sieben Klarinettisten, fünf Oboisten und neun Fagottisten zur Verfügung gestellt haben.

Der Ruf des jungen Tondichters verbreitete sich immer mehr. Er wurde zum Direktor der Akademie der Einträchtigen (Academia dei Concordi) in Bologna gewählt. Dieser musikalische Verein veranstaltete monatlich ein Konzert, und da Rossini dafür monatlich zehn Piaster erhielt, konnte er sich nun nicht allein auf eigene Füße stellen, sondern auch die Eltern unterstützen. Dem Vater wollte es mit seinem Waldhorn nicht mehr glücken und die Mutter hatte ihre Stimme verloren, und schon damals, wie auch später, gab er rührende Beweise seiner Pietät und seiner Liebe für die Seinigen. Seine Augen leuchteten, wenn er seine Ersparnisse zur Erleichterung der traurigen Lage der Eltern verwenden konnte. Als Dirigent führte er in erster Linie die Werke der von ihm vergötterten deutschen Komponisten Haydn und Mozart auf. Aufs liebevollste nahm sich seiner namentlich die Sängerin Signora Mombelli an, welche ihm mit Rat und That zur Seite ging, ihm u. a. Verse zum Komponieren, Arien, Duette oder Quartette ꝛc. gab. Die Vorliebe für deutsche Musik, welche ihn allezeit auszeichnete, zeigte sich bereits in Bologna so auffallend, daß er von seinen Lehrern und Mitschülern mit dem Spitznamen: „il tedeschino" geneckt wurde.

Schon an dieser Stelle sei erwähnt, daß Rossini in Be= zug auf seine Verehrung deutscher Musik sein ganzes Leben hindurch, auch auf der Höhe seines Schaffens, im Mannes= wie im Greisenalter sich treu blieb. In Wort und Schrift wurde er nicht müde, ihren Ruhm zu singen. Sein Ab= gott war namentlich Mozart. Anderthalb Jahre vor sei= nem Tode besuchte ihn Emil Naumann, der Komponist und Musikschriftsteller, in Paris, und der Greis äußerte sich über seinen großen deutschen Kollegen mit der Begeisterung eines Jünglings. „Die Deutschen," sagte er u. a., „sind von jeher die großen Harmoniker, wir Italiener die Melo= diker in der Tonkunst gewesen; seitdem sie aber im Norden Mozart hervorgebracht haben, sind wir Südländer auf un= serem eigenen Felde geschlagen; denn dieser Mann erhebt sich über beide Nationen; er vereinigt mit dem ganzen Zauber der Kantilene Italiens die ganze Gemütstiefe Deutsch= lands, wie sie in der so genial und reich entwickelten Har= monie seiner zusammengesetzten Stimmen hervortritt. Soll Mozart nicht mehr für schön und erhaben gelten, nun dann können wir Alten, die noch übrig sind, ja getrost das Zeit= liche segnen. Im Paradies aber, dessen bin ich gewiß, finden Mozart und seine Hörer einander wieder."

Als er einst dem berühmten Gesangsmeister Piermarini als Beweis seiner Hochachtung ein Porträt Mozarts über= sandte, schrieb er darunter: „Mon très cher Piermarini! Je vous offre l'image de Mozart. Tirez votre chapeau, ainsi que je le fais au maître des maîtres." („Mein liebster Piermarini! Ich verehre Ihnen das Bild Mozarts. Ziehen Sie Ihren Hut, wie ich's auch thue vor dem Meister der Meister.") Auf den Vorwurf, den einst seine Gegner ihm machten, daß er einiges von Mozart entlehnt habe, ant=

wollte er: Mozart sei ein reicher Mann, von dem man viel borgen könne, ohne daß er arm werde.

Robert Schumann, welcher sich mit ihm und Ferdinand Hiller 1836 in Frankfurt a. M. aufhielt, berichtet gleichfalls vom Maëstro, daß er von Deutschland „entzückt" gewesen sei. Schumann mußte ihm versprechen, im Cäcilien-Verein die Hmoll-Messe und einige andere Sachen von Sebastian Bach vorsingen zu lassen.

Er war allerdings kein Freund Richard Wagners und der Wagnerschen Musik, was sich durch die grundsätzliche Verschiedenheit der beiden musikalischen Richtungen ganz natürlich erklären läßt, aber er war doch der Ansicht Naumanns, daß nach dem Tode Mendelssohns, Schumanns und Meyerbeers Wagner der hervorragendste deutsche Komponist sei. Niemand sei entfernter als er, die Originalität des Schöpfers des „Lohengrin" anzuzweifeln, nur mache es der Komponist mitunter recht schwer, das Schöne, was man ihm verdanke, in dem Chaos von Tönen, das seine Opern enthalten, aufzufinden. Freilich, daß man einen Mozart über Wagner vergessen könnte, erschiene ihm unbegreiflich!

---

2. Die ältesten Opern:

„La cambiale di matrimonio", „L'equivoco stravagante", „Deme trio e Polibio", „L'Inganno felice", „Ciro in Babilonia", „La scala di sieta", „La pietra del paragone", „L'occasione fa il ladro", „Il figlio par azzando", „Tancredi", „L'Italiana in Algeri", „Aureliano in Palmira", „Il Turco in Italia", „Sigismondo".

(1810—1814.)

Immer mehr regte sich in Gioachino Rossini die schöpferische Kraft — und auch der Umstand, daß die Oper mehr einbringt, als eine Kantate, als ein Orchesterwerk, bestimmte ihn, ausschließlich für die Bühne zu schreiben. Die Verehrer

Rossinis pflegten eine allerliebste Anekdote zu erzählen, wie es der junge Maëstro angefangen, um einen Impresario für seine Opern zu erhalten, als er noch kein berühmter Mann war. Die Geschichte trug sich 1806 in Sinigaglia zu. In den Opernvorstellungen, die dort während der Messe stattfanden, begleitete Rossini als maëstro di cembalo die Recitative, sein Vater blies das erste Horn, beide verdienten den einen Abend 11 Paoli = 4 Mk. 50 Pf.! Der Intendant des Theaters, — so berichten Azevedo und nach ihm Gumprecht — Marchese Cavalli, stand in zärtlichen Beziehungen zur ersten Sängerin, Signora Carpani. Schon in den Proben hatten die wilden Koloraturen der letzteren das empfindliche Ohr des Dirigenten am Klavier in Verzweiflung gebracht, und als sie während der Aufführung, trotz seiner inständigen Bitten und Warnungen, eine der ungeheuerlichsten Kadenzen ins Parterre schleuderte, brach er in ein helles Gelächter aus. Alle Augen wandten sich nach ihm, von dem lärmenden Jubel des Publikums hallte das Haus wieder. Dem Anstifter aber warf die verhöhnte Sängerin einen Blick zu, beladen mit dem ganzen giftigen Hasse, dessen eine entrüstete Primadonna, dazu die Geliebte ihres Chefs, gegen einen kleinen rebellischen Musikanten fähig ist. Bebend vor Zorn eilte sie zum Intendanten, schilderte ihm die erfahrene Unbill und erhielt das Versprechen glänzender Genugthuung. Der Schuldige mußte herbei, aber das gehäufte Maß der Ungnade, mit dem er überschüttet wurde, ließ seinen Sinn ungerührt. Als die Strafpredigt zu Ende war, erwiderte er: „Edler Marchese, Sie haben Ihre guten Gründe, Ihre Primadonna in Schutz zu nehmen, aber ebenso hatte Ihr unterthäniger Diener, als ein Musiker mit sehr kitzlichen Ohren, die seinigen, gestern zu lachen. Wären alle Kanonen der Welt auf mich gerichtet gewesen, ich würde doch gelacht haben und Sie gewiß auch an meiner Stelle, denn Sie sind ein gar feiner Kenner. Hand aufs Herz, möchten Sie dafür einstehen, ernsthaft zu bleiben, wenn Sie folgendes

hören?" Und indem er nun die Unglückskadenz wieder=
holte, ahmte er Miene, Gebärde, die kreischende Stimme,
den fehlerhaften Gesang der Carpani, zuletzt sogar ihren
rachsüchtigen Blick nach, das alles mit einer solchen Natur=
treue und übermütigen Ausgelassenheit, daß der Marchese
auflachte. Indem er die Wangen des kecken Knaben strei=
chelte, sprach er freundlich: „Kleiner, du möchtest gewiß auch
einmal Opern schreiben?" — „Gewiß," rief Gioachino.
„Glauben Sie, ich hätte Lust, zeitlebens Sängerinnen zu
begleiten, wie Ihre Carpani?" — „Nun gut; sobald du es
dich getraust, laß mich's wissen; ich verschaffe dir ein Li=
bretto und eine Bühne." — Wir werden gleich sehen, daß
der Impresario sein Wort hielt, als er einige Jahre später
daran erinnert wurde.

Ja, Rossini hatte keine Lust mehr, Sängerinnen zu be=
gleiten, da seine schöpferische Kraft, Opern zu schreiben, immer
gewaltiger in ihm sich regte. Sein erstes dramatisches Werk
war die 1810 für Venedig geschriebene einaktige komische Oper
(„farza"): „La cambiale di matrimonio". Sie wurde im
Herbst im San Mosè=Theater mit leiblichem Beifall gegeben
und trug ihm ein Honorar von 200 Franken ein. Der
eben genannte Marchese Cavalli sandte ihm hierzu das Text=
buch und führte ihn gewissermaßen in die Kunst ein. Acht=
zehn Jahre war er also alt, als er die dramatische Lauf=
bahn angetreten, und als er das einundzwanzigste kaum
vollendet hatte, war er ein Liebling Italiens und sein Name
nicht allein von Venedig bis Sizilien, sondern in der ganzen
gebildeten Welt in Aller Mund und Herzen. Gleich bei
seinem ersten öffentlichen Auftreten gab er so unleugbare
Proben seines großen musikalischen Talents, seine zauber=
haften Melodien schlichen sich derart in die Seele des Zu=
hörers ein, daß er im Fluge sich alle Bühnen eroberte.
Ein ununterbrochener Strom der Töne quoll aus der Brust
des jugendlichen Meisters, und diese Töne nahmen Sinn
und Ohr des Publikums mit unwiderstehlicher Gewalt ge=

fangen. Der „farza" folgten 1811 „L'equivoco stravagante" — für Bologna geschrieben — und „Demetrio e Polibio", welche Oper zu Rom aufgeführt wurde und worin namentlich ein Quartett sehr ansprach. Die letztere Oper wurde von der Mombellischen Operntruppe aufgeführt. Das Textbuch rührte von der schon genannten Signora Mombelli her. Die graziösen und leichten Melodien, die an diejenigen Mozarts erinnerten und welche von der vollen Frische seines liebenswürdigen Talents Zeugnis ablegten, wurden bald sehr volkstümlich. 1812 gab man auf dem Theater San Mose in Venedig: „L'Inganno felice", die erste Oper, welche sich seitdem auf der Bühne erhalten hat. Hier zeigt sich der Genius Rossinis schon in vollem Glanze; besonders gelungen ist das Terzett zwischen dem Bauer „Tarabatto", dem Gutsherrn und der Frau, die der Herr verwiesen hat und die er anbetet, aber nicht wiedererkennt. Natürlich ist die Oper nicht ohne die Fehler der Jugend; auch finden sich darin Reminiscenzen; so hat die Ouvertüre ganz den Zuschnitt der Paërschen Ouvertüren. Die Scene und Arie der Isabelle ist ein beliebtes Konzertstück geworden. Ihr folgte die ernste Oper: „Ciro in Babilonia" und die Farce: „La scala di sieta".

Die eigentliche Signatur des berufenen Opernkomponisten erhielt er noch im selben Jahre durch seine Schöpfungen, welche an dem berühmten Scalatheater in Mailand aufgeführt wurden. Die erste Oper, welche er für diese Bühne schrieb, hieß: „La pietra del paragone". Sie hatte einen glänzenden Erfolg. Als Honorar erhielt er 600 Franken und der Vizekönig von Italien, welcher der Aufführung beiwohnte, wirkte ihm die ungemein selten gewährte Befreiung vom Militärdienste aus. „Und das war ein rechtes Glück für die Konskription," bemerkte Rossini später einmal, „denn ich wäre ein sehr schlechter Soldat geworden." Der Komponist wurde von den Künstlern, wie der ausgezeichneten Sängerin Marcolini, von F. Galli, Bonaldi und Parlamigni sehr wirksam unterstützt. Besondere Glanzpunkte der Oper sind: das Duett zwischen dem jungen schwungvollen Dichter und dem Journalisten — der letztere rühmt sich dessen, daß er tausend Dichter mit einem kritischen Hiebe zu Boden schleudere —, die Kavatine Klarissens und das Finale. Besonderes Glück machte das von dem verkleideten Türken in allen Tonarten gesungene barocke Wort „Sigillara". Aus allen Teilen Italiens strömte man herbei, um das Werk zu hören, und der Komponist wurde von dem begeisterten Publikum in überschwenglicher Weise gefeiert.

Ganz dieselben Erfolge erzielte Rossini auch im Theater San Mosè in Venedig, wo er bald darauf die beiden Farcen „L'occasione fa il ladro" und „Il figlio par azzando" aufführen ließ. Die Triumphe des jungen Maëstro erweckten begreiflicherweise den Neid der Kollegen, und die Kritik, welche Rossini nicht aufkommen lassen wollte, griff ihn zuweilen in maßloser Weise an. Der Lärm der Presse drang auch in die Studierstube seines alten Lehrers Padre Mattei. Besorgt um die Zukunft seines Zöglings, schrieb er ihm: „Halt ein, Unglücklicher, du entehrst meine Schule." Rossini, dem bis dahin noch keine besonderen pekuniären Lorbeeren erblühten, antwortete schlagfertig: „Hochverehrter Lehrer! Haben Sie Geduld. Sobald ich nicht mehr genötigt bin, des lieben Brotes wegen fünf bis sechs Opern jährlich zu liefern und die Manuskripte noch naß zum Kopisten zu schicken, ohne sie auch nur ein einziges Mal wieder durchzulesen, werde ich mir Mühe geben, Musik zu machen, die Ihrer würdig ist."

Den entschiedensten Sieg im Leben Rossinis bildete die erste Aufführung des „Tankred" im Fenicetheater zu Venedig im Karneval daselbst. Die Oper, deren Libretto J. A. Rossi in Triest nach der gleichnamigen Tragödie von Voltaire verfertigt hatte, brachte dem Komponisten 500 Franken Honorar und einen berühmten Namen ein. Der Erfolg war ein außerordentlicher, und „Tankred" versetzte ganz

2

Italien in einen Rausch des Entzückens und machte seinen
Triumphzug über alle Bühnen.   Die spielende Anmut und
der einschmeichelnde Charakter der Rossinischen Arien nahm
die Herzen gefangen.   Ein wahrhaft überwältigender Reich=
tum an Melodien quillt aus dem Jungbrunnen dieser ewig
frischen Schöpfung.   Wer kennt nicht die berühmte Arie:
„Di tanti palpiti“, das wunderschöne Quartett im ersten
Finale: „Ah, se giusto il ciel tu sei“, welches bei ein=
fachster Struktur in der Melodie wie in der Stimmwirkung
noch immer zu dem Besten gehört, was die ältere Oper
uns hinterlassen hat, das Duett zwischen Tankred und
Amenaida!   Mit einem Worte: die Volkstümlichkeit der
Melodien und der Zauber der Kantilene feierten in „Tankred“
ein förmliches Fest, unter der brausenden Zustimmung aller
Freunde der italienischen Musik.   Das Bestreben Rossinis,
in erster Linie sinnliche Effekte zu erzielen, tritt auch hier zu
Tage.   Von musikalischer charakteristisch=psychologischer Wahr=
heit und dramatischer Entwickelung ist fast keine Spur zu
finden.   Seine Melodien wurzelten und wurzeln in keinem
geistigen Boden und wer die eine opera seria Rossinis
kennt, wird auch die andere kennen; denn sie gleichen sich wie
ein Ei dem anderen, „Wilhelm Tell“ natürlich ausgenommen,
welche eben eine inkommensurable Größe ist.   Während bei
Mozart durch die innige Verschmelzung der Kunstformen der
gesungenen Komödie und Tragödie die gewaltige Schöpfung
des „Don Juan“ entstand, ist Rossini doch nur äußerlich
und oberflächlich, da ihm die Tiefe abgeht.   Die später bei
Rossini zur Manier gewordenen langanhaltenden Crescen=
dos, die wir auch bei seinem Vorbild in dieser Beziehung
finden, spielen in „Tankred“ eine bedeutende Rolle — natür=
lich unserem heutigen Geschmack nur wenig zusagend.

   Amadeus Wendt weiß nach Herrn von Stendhal zu er=
zählen, daß selbst die Ankunft des Kaisers Napoleon in
Venedig die Aufmerksamkeit von Rossini nicht abgelenkt habe.
Es war eine wahre musikalische Wut, womit man diese

Vom Gondolier bis zum vornehmsten
mann: „Mi rivedrai, ti rivedro." In
waren die Richter oft genötigt, den Zu=
igen zu gebieten, welche immer sangen:
rivedrai."
b" folgte die „Italienerin in Algier" auf
se Oper wurde im Sommer 1813 am
nedetto in Venedig aufgeführt und sie ist
merkenswert, als sie die erste Oper des
)elche auch in Deutschland, und zwar in
ufgeführt wurde. Die „Italienerin" gefiel
und mit Recht. Diese komische Oper ist
:gsten Kompositionen Rossinis. Welch spru=
impagner perlende Musik! welch duftige
iors! Die sinnlich strahlende Macht der
endenden Klangwirkungen, welche in den
r „Italienerin" zur Erscheinung kommen,
in hier wie in all seinen Opern sichtbares
Klangwirkungen der menschlichen Stimme,
er als das Orchester stand, auf der Bühne
iologesang als im Ensemble — zu ihrem
verhelfen — all dies mußte ja einen fas=
uck hervorrufen. Es ist sehr bedauerlich,
Italienerin", welche dem „Barbier von
achsteht, seit den letzten Jahrzehnten in
lten hört. Sie enthält zahlreiche unver=
iten, so die Ouvertüre, das Duett zwischen
Lindoro („Könnt' ich diesen Schritt je
zett des zweiten und das Finale des ersten
ella gehörte zu den Glanzrollen Henriette
er Demoiselle Vio, der späteren Gattin
Mutter der be—kannten Adele Spitzeder.
enst C. H. Bitters, in neuerer Zeit auf
Oper nachdrücklich hingewiesen zu haben.
ine Laune und Heiterkeit entwickelt, wie

wenige komische Opern der älteren und neueren Zeit diese
zu überbieten vermögen, wobei freilich eine meisterhafte Volu=
bilität der Sprache und eine vollendete Kunst des Gesanges
vorhanden sein müssen, um die „Italienerin" in muster=
gültiger Weise zur Geltung zu bringen. Was speziell das
Finale des ersten Aktes betreffe, so werde es in seiner breiten
Anlage, in seinen lebhaft bewegten Formen, der perlenden
und prickelnden Grazie seiner melodischen Entwickelung, seiner
humoristischen Steigerung und seinen Klangwirkungen von
Rossini selbst kaum übertroffen und nur im Finale des
ersten Aktes des „Barbiers von Sevilla" erreicht. Was die
Arien Rossinis in der „Italienerin", wie auch in seinen
sonstigen Opern betrifft, so sind dieselben immer nach der=
selben Schablone gemacht. Der melodische Reiz und die
anmutig pointierte, reichlich für die Fioritur angelegte Struk=
tur derselben entbehrt zumeist der Innerlichkeit und Tiefe.
Aber die Grazie und Leichtigkeit der Arien ist überall des
Erfolgs sicher.

Im Jahre 1814, im Karneval, schrieb Rossini die Oper
„Aureliano in Palmira" für die Scala in Mailand.
In derselben sangen die stimmgewaltigsten italienischen
Sängerinnen, die Correa und Velluti, die besten Soprane
Italiens. Doch sagte die Oper nicht zu. Auch die zweite
für Mailand geschriebene Oper „Il Turco in Italia"
ließ das Publikum kühl. Noch schlimmer erging es dem
„Sigismondo". Übrigens gefiel das letztere Werk auch dem
Komponisten nicht, denn während der Aufführung rief er
einigen Freunden in seiner Nähe zu: „Zischt nur tüchtig,
ich habe wahrlich nichts Besseres verdient." Alle diese Ar=
beiten ermangelten der Sorgfalt und der gediegenen Aus=
führung, aber auch sie enthielten manche melodische Perlen,
z. B. in „Turco in Italia" das reizende Duett zwischen
Selim und Isabella, das pikante Duett im Anfang des
zweiten Aktes 2c. Die Mailänder wiesen aber die Oper
zurück, weil ihr Nationalstolz sich beleidigt fühlte, indem sie

behaupteten, er habe sich selbst kopiert; für die Scala hätte er sich mehr Mühe geben sollen, etwas Besseres zu schaffen. Übrigens wurde vier Jahre später „Der Türke in Italien" bei seiner Wiederholung in der Scala mit Begeisterung auf= genommen. In der That schreckte Rossini vor Wieder= holungen seiner eigenen Kompositionen nicht zurück; so hat er die Ouvertüre von „Aureliano in Palmira" mit geringen Änderungen seiner späteren Oper „Elisabetta" vorgesetzt, ja, er soll dieselbe sogar zu seinem „Barbier" benutzt haben.

---

3. Rückkehr nach Pesaro
und Verbindung mit dem Impresario Barbaja in Neapel.

„Elisabetta"; „Torvaldo e Dorlisca"; „Il Barbiere di Seviglia"; „Otello"; „Cenerentola". — Ludwig Spohr und Karl Maria von Weber über Rossini und seine Musik. — „La gazza ladra"; „Armida"; „Adelaide di Bourgogna"; „Mosè in Egitto"; „Ricciardo e Zoraide"; „Ermione"; „Adina, o il Califfo di Bag-dado"; Kantaten und Messen; „Eduardo e Cristina"; „La donna del lago"; „Maometto II."; „Matilda di Chabran"; „Zelmira".

(1815—1822.)

Gioachino Rossini war, wie unsere Leser wissen, allezeit ein guter Sohn; und nachdem er in Venedig, Rom und Mailand sich aufgehalten und einen glanzvollen Namen sich erworben, zog es ihn mächtig nach der Heimat hin, wo seine geliebten Eltern in kümmerlichen Verhältnissen, von ihm nach Kräften unterstützt, lebten. Man kann sich denken, welche Aufregung die Ankunft des berühmten Mannes in dem Städtchen Pesaro hervorrief. Wer war glücklicher als seine Mutter, die ihren Joachim, welcher seine Briefe an sie immer mit den Worten adressierte: „al illustrissima Sig-nora Rossini, madre del celebre maëstro, in Pesaro" (der hochverehrten Frau Rossini, Mutter des berühmten Meisters, in Pesaro) ans Herz drücken konnte!

Sehr bedeutsam für seine ganze künstlerische Entwickelung wurde seine noch im selben Jahre begonnene Verbin=
dung mit dem Direktor der Theater zu Neapel, Signor
Domenico Barbaja aus Mailand. Dieser, früher Kellner
in einem Caféhause zu Mailand, hatte sich durch glückliches
Spiel und Bankhalten ein nach Millionen zählendes Ver=
mögen erg—attert. Als der König Ferdinand, der neun
Jahre lang Neapel und sein prächtiges Theater hatte ent=
behren müssen, 1815 aus Sizilien nach Neapel zurückkehrte,
brannte das Theater plötzlich ab. Man kann sich denken,
wie sehr dieser Verlust den Monarchen schmerzte. In dieser
Stimmung trat ihm nun Barbaja entgegen und sagte:
„Sire, dieses ungeheure Theater, welches die Flamme völlig
verschlungen hat, verpflichte ich mich, in neun Monaten,
und noch viel schöner als es gestern war, wieder aufbauen
zu lassen." Und er hielt Wort. Am 12. Januar 1817
konnte der König zum zweitenmale das San Carlo=Theater
besuchen, und von jener Zeit an war Barbaja einer der
einflußreichsten Männer des Landes.

Dieser mit finanziellem Scharfsinn ausgestattete, erfin=
dungsreiche Theaterdirektor erkannte bei Zeiten das musi=
kalische Genie des geistreichen Meisters. Angesichts der Frucht=
barkeit Rossinis und der Zugkraft, welche seine Opern aus=
übten, mußte ja Rossini für ihn zu einem goldenen Boden
werden. Die schlaue Findigkeit Barbajas vermochte ihn zu
bewegen, nach Neapel zu übersiedeln und in seinen Dienst
zu treten. Barbaja hatte die beiden Theater di San Carlo
und del Fondo in Neapel gepachtet und ebenso auch die
— öffentliche Spielbank. Beide vereinigten sich nun dahin,
daß der Komponist die beiden Bühnen leiten, für jede der=
selben jährlich je ein neues Stück liefern und zum Entgelt
einen monatlichen Gehalt von 800 Franken und ebenso eine
Tantieme an den nicht ganz reinlichen Revennen des Pharao
und Roulette erhalten sollte. Rossini verpflichtete sich über=
dies noch, alle Opern an den genannten beiden Theatern

musikalisch einzurichten. Diese Anstellung des Künstlers ging
erst 1822 zu Ende; nur sein kecker, munterer Sinn, seine
leichtlebige Auffassung machte es möglich, daß er all die
Hindernisse, denen er auf seinem schwierigen und müh=
samen Posten begegnete, mit spielender Leichtigkeit zu über=
winden wußte. Große Selbständigkeit hatte der zukünftige
Direktor durch diese Abmachung nicht. Das Libretto wählte
für ihn der Impresario und zu den einzelnen Musikstücken
gaben eben die Stimmen der Sänger, oft auch ihre Laune,
das Maß her. Er verfügte über ein miserables, gleichsam
ambulantes Orchester, welches für jede einzelne, oft nur zwei
bis drei Wochen dauernde Saison stets neu gebildet wurde,
und seine Mitglieder trieben nebenbei noch ein anderes Ge=
werbe; so strich z. B. ein Sattler den Kontrabaß und am
Pult der ersten Klarinette stand der Figaro, d. h. der Bar=
bier, des Maëstro. Trotzdem muß ihm diese Verbindung
sehr angenehm gewesen sein, sonst hätte er sich derselben
schon früher entzogen, und jedenfalls spornte ihn dieselbe
zu immer neuerer und frischerer Thätigkeit an.

Während der Impresario seinem Kapellmeister mit größ=
ter Freundschaft entgegenkam, verhielt sich das Publikum in
Neapel gegen ihn anfänglich kühl und zurückhaltend. Seine
Rivalen verfolgten ihn mit echt italienischer Rachsucht.
Zingarelli z. B., der bedeutende Opernkomponist und Direk=
tor der dortigen königlichen Musikschule und der Kathedrale,
verbot den Zöglingen derselben bei Strafe, Rossinische Par=
tituren zu lesen und zu studieren; Paisiello, der fruchtbare
Opernkomponist, Hofkapellmeister in Neapel, welcher u. a.
auch einen „Barbier von Sevilla" komponierte, fürchtete für
seinen Ruhm durch die aufgehende Sonne am Himmel der
Kunst. Rossini mußte daher gegen Intriguen aller Art
kämpfen, und es bedurfte eines solch durchschlagenden Er=
folgs, wie er ihn mit seinem dramatischen Werke „Elisa=
betta" erzielte, um seine Feinde zum Schweigen zu bringen.
Mit dieser Oper wurde die Herbstsaison 1815 am Theater

San Carlo eröffnet, und sie war das erste Bühnenwerk, in welchem der Komponist auch bei der Begleitung des Recitativo secco das volle Streichquartett anwandte, worin er ferner die Koloratur ausschrieb, nicht als unbedingtes Gesetz, sondern nur als beherzigenswerten Rat für die Sänger und Sängerinnen. In der Rolle der Königin Elisabeth von England — regina d'Inghilterra — excellierte Isabella Angela Colbrand, 1785 zu Madrid geboren, die Primadonna und — Freundin Barbajas, eine Schönheit ersten Ranges, welche, wie wir sehen werden, später das Herz des Meisters derart in Fesseln schlug, daß er sie zu seiner Gattin machte. Das Libretto der „Elisabetta" rührte von einem gewissen Smith her, nach einem französischen Melodrama bearbeitet, und das Sujet ist dasselbe, welches Walter Scott seinem, 1820 erschienenen, Roman: „Kenilworth" zu Grunde gelegt hat. Einstimmig wird berichtet, daß die Colbrand die „jungfräuliche" Königin in meisterhafter Weise spielte und sang. Ein Kritiker sagte von ihr: „Die ungeheure Macht der Königin, die wichtigen Ereignisse, die ein Wort aus ihrem Munde hervorbringen konnten, all das malte sich in ihren spanischen Feueraugen und in ihren furchtbaren Blicken. Es war der Blick einer Königin, deren Wut nur durch einen Überrest von Stolz zurückgehalten schien; es war die Haltung einer noch schönen Frau, die seit langer Zeit gewohnt ist, das mindeste Zeichen ihres Wollens von dem bereitwilligsten Gehorsam begleitet zu sehen.... Man muß die Colbrand als „Elisabeth" gesehen haben, um den unmäßigen Enthusiasmus zu begreifen, welchen sie hervorbrachte."

Verschiedene Glanznummern der Oper, wie das erste Duett zwischen Leicester und seiner als Page verkleideten jungen Frau, das Duett zwischen ihr und dem verräterischen Höfling, das Duett zwischen der Königin und Mathilde, die prächtigen Finale — all dies trug zum Siege des Stückes bei. Es erlebte zahlreiche Aufführungen, und der Name

Rossinis war in Aller Munde. Die Eigentümlichkeiten und Unarten des Komponisten machten sich freilich auch hier geltend, denn er brachte der allmächtigen Primadonna zu Liebe allerlei unpassende Verzierungen und Roulaben, welche den Hauptgesang schier erbrückten, an.

Drei Jahre darauf wurde „Elisabetta" in Dresden aufgeführt, wo die Oper gleichfalls gefiel, aber auch scharfer Kritik begegnete. Die Fehler und Schwächen des Maëstro wurden dort ebenso erkannt, wie seine Vorzüge. So heißt es z. B. in einer Besprechung: „Auch in dieser Oper bewährt sich wieder die blühende Phantasie, tiefe Empfindung und der Melobienreichtum des Komponisten in reichem Maße, aber auch nicht minder auffallend die Nachlässigkeit, Mangel an gründlichen Kenntnissen, gänzliche Verletzung des Charakters und der Einheit, Haschen nach materiellen Effekten, schonungslose Mißhandlung der Singstimmen als Blasinstrumente und jene bacchantische Vermischung komischer, ja burlesker Motive mit den ernstesten pathetischen Sätzen. Dennoch scheint das Ganze viel Wirkung hervorzubringen, weil der Zuhörer keine Zeit zur Besinnung behält und wie bei einem glänzenden Feuerwerk ihn immer wieder schimmernde Bilder beschäftigen und die Lebendigkeit eines Champagnerrausches ihn mit sich reißt."

Es konnte nicht ausbleiben, daß der glänzende Erfolg seiner „Elisabetta" auch die anderen Impresarii auf ihn aufmerksam machte. Er mußte deshalb für den Karneval von 1816 in Rom eine semiseria opera, Namens „Torvaldo e Dorlisca", schreiben. Dieselbe wurde am Theater Valle aufgeführt und die ersten Bässe des damaligen Italien, Galli und Remorini, waren darin beschäftigt. Die Erwartungen, welche man auf diese Oper setzte, wurden jedoch getäuscht. Obschon „Torvaldo e Dorlisca" durch manche Schönheit sich auszeichnete, konnte das Werk nicht erwärmen. Einen wahren Triumph und Weltberühmtheit erlangte er jedoch mit einer anderen Oper, welche er für das Theater

Argentina in Rom schrieb, dem Meisterwerk der komischen
Oper, dem „Barbier von Sevilla", welche Oper allein
hinreichen würde, um ihm Unsterblichkeit zu verleihen. Am
26. Dezember 1815 schloß er mit dem römischen Impresario
Puca Sforza Cesarini einen Kontrakt ab, worin es u. a. —
bezeichnend genug — heißt:

„Der Signor Puca Sforza Cesarini, Unternehmer des
Theaters Argentina, engagiert den Signor Maëstro G. Rossini
für die nächste Karnevalssaison des Jahres 1816; besagter
Rossini verspricht und verpflichtet sich, die zweite Buffooper,
welche in der vorgenannten Saison auf dem bezeichneten
Theater zur Aufführung kommt, zu komponieren und in
Scene zu setzen, und zwar dasjenige Libretto, welches ihm
der genannte Unternehmer übergeben wird — dieses Libretto
sei neu oder alt.   Der Maëstro macht sich weiter verbind-
lich, seine Partitur in der Mitte des Monats Januar, also
binnen drei Wochen, einzureichen und dieselbe den Stimmen
der Sänger anzupassen, indem er sich weiter verpflichtet,
nötigenfalls alle Veränderungen darin vorzunehmen, welche
sowohl für die ganze Aufführung der Musik als auch für
die Bequemlichkeit und Ansprüche der Sänger nötig sein
werden."   In dem Vertrage wurde ferner bestimmt, daß
Rossini sich Ende Dezember 1815 einzufinden und dem Kopisten
den ersten Akt seiner Oper vollständig fertig spätestens am
20. Januar 1816 zu übergeben habe, damit die Proben
frühzeitig genug abgehalten werden könnten.   Die erste Vorstellung müsse am 5. Februar 1816 stattfinden.   Rossini
müsse seine Oper selbst dirigieren, allen Gesang- und Or-
chesterproben beiwohnen ꝛc.   Als „Entschädigung für seine
Bemühungen" erhalte Rossini 400 Skudi nach den ersten drei
Vorstellungen.   Rossini blieben nur wenige Wochen zur Ausführung seiner Arbeit.   Das Libretto, welches ihm geliefert
wurde, war bereits einmal von dem genannten Hofkapellmeister Paisiello komponiert.   Die anmutige und naive Musik
Paisiellos gefiel sehr und es war kein kleines Wagestück, dem

alten Meister Konkurrenz zu machen. Diese ganze Angelegen-
heit war Rossini, der allezeit ein Mann von vornehmen Ge-
sinnungen war, sehr peinlich, aber der Impresario ließ sich
nicht erweichen. Er schrieb daher eiligst an ihn nach Neapel,
ihm den Sachverhalt darstellend. Der alte Meister, welcher
wohl der Ansicht sein mochte, daß der Rossinische Barbier
durchfallen werde, schrieb sehr artig, daß er mit Freude die
getroffene Wahl des Librettos erfahren habe. Rossini begleitete das Textbuch mit einer bescheidenen Vorrede und
vollendete die Musik zum „Barbier" in — dreizehn Tagen...
der großartigste Beweis von der erstaunlichen Leichtigkeit,
womit er arbeitete!

Das Meisterwerk der opera buffa erblickte nach den neueren
glaubwürdigen, besonders in der „Bibliotheka Chigiana" an-
gestellten Forschungen des Professor Berwin am 20. Februar
1816 (nicht, wie man bisher annahm, am 5. Februar) auf
dem Argentina-Theater in Rom das Licht der Lampen. Um
jeder möglichen Vergleichung mit dem Paisielloschen Text aus
dem Wege zu gehen, nannte der Komponist seine Oper:
„Almaviva, ossia l'inutile Precauzione". Der gehoffte
Erfolg der Premiere blieb aber aus — im Gegenteil! Das
Fiasko war ein vollständiges. Man sollte es kaum glauben
und doch ist es wahr: der „Barbier von Sevilla", das Meisterwerk der komischen Oper, wurde bei seiner ersten Aufführung
ausgepfiffen! Die Ursachen dieses Mißerfolges waren
mannigfaltige. Erstens war das Publikum durch all die Toll-
heiten, die Kraft, Kühnheit und den Geist im „Barbier" aus
der Fassung gebracht; zweitens benutzten seine Gegner, die sich
darüber ärgerten, daß er es wage, Paisiello Konkurrenz zu
machen, die Gelegenheit, um ihm eine beschämende Niederlage
zu bereiten. Drittens kamen allerlei Zufälligkeiten hinzu, um
ihm das Leben recht sauer zu machen. Als Rossini in seinem
braunen Frack am Dirigentenpulte erschien, begann schon ein
wüstes Pfeifen und höhnisches Rufen. Noch skandalöser gebär-
deten sich seine Feinde, als dem Sänger Garcia, welcher auf der

Guitarre das Ständchen als Almaviva begleiten wollte, die
Saiten sprangen. Dem Basilio widerfuhr das Malheur,
daß er auf der Bühne seiner ganzen Länge nach hinfiel und
seine Verleumbungsarie abzusingen hatte, während er sich
das Blut vom Gesichte wischen mußte; während des ersten
Finales erschien eine Katze auf der Bühne und in ihr
Miauen mischte sich das Lachen, Pfeifen und Zischen des
Auditoriums. Es raste der See und wollte seine Opfer haben.
Rossini bewahrte aber seine ihm stets eigen gewesene Kalt=
blütigkeit; er kam nicht einen Augenblick aus der Fassung,
sondern ließ ruhig den Kelch des Fiaskos an sich vorüber=
gehen. Er wußte sehr wohl, daß seine Zeit kommen werde:
schon bei der zweiten Vorstellung trug der „Barbier" einen
glänzenden Sieg davon. Die Opposition war verstummt
und eine gewaltige Menschenmenge brachte ihm nach dem
Theater rauschende Huldigungen dar und brach in brausende
Evvivarufe aus. Der divino maëstro wurde nun ver=
göttert, und aller Orten, wo die Oper seit 76 Jahren ge=
geben wird, hat sie ihre unverwüstliche Frische und Zugkraft
bewahrt. Durch den „Barbiere di Seviglia" wurde er der
bedeutendste Komponist Italiens, und dieser Platz ist ihm
nie mehr streitig gemacht worden.

Es wäre überflüssig, ein Wort des Lobes zu Ehren des
„Barbier" noch zu sagen. So viel darf aber bemerkt werden,
daß Rossini an Melodienreichtum, sprudelndem Humor und
dramatischer Schlagkraft sich selbst übertroffen. Seine Sänger
beziehentlich Sängerinnen waren: Madame Giorgi (Rosina),
Garcia (Graf Almaviva), Zamboni (Figaro) und Botticelli
(Dr. Bartolo). Allmählich begriffen seine Landsleute, daß
zwischen dem Rossinischen und Paisielloschen „Barbier" ein
himmelweiter Unterschied sei. Beide Werke haben nur den
Namen gemeinsam. Mit Recht ist schon von anderer Seite
darauf hingewiesen worden, daß wir im Rossinischen „Bar=
bier" das treueste und erschöpfendste Abbild seines Urhebers
besitzen, in dessen Wesen alle liebenswürdigen Seiten des .

Volkstemperaments individuelles Dasein und künstlerische
Gestaltung gewannen. Keine reinere Blüte vermochte der
Genius der Nation zu zeitigen, als diese Musik mit ihrer
warmen südlichen Lebensfülle, ihrem naiven Realismus, dem
rückhaltlosen Dahingeben an die wechselnden Eindrücke des
Augenblicks, der jubelnden Ausgelassenheit, die vermöge keines
angebildeten, sondern des angeborenen Schönheitsgefühls
stets die vollendete Anmut zur lächelnden Gefährtin hat.
Wie uns Deutschen, so ist auch den Italienern bei ihrem
besten Lustspiele die Tonkunst behilflich gewesen, die vollste
sinnliche Wahrheit und Unmittelbarkeit empfingen von ihr:
der Interpret ohne Furcht und Tadel, der schlaue Buffo,
der jenem den Sieg keineswegs leicht macht, der schleichende
Heuchler, der elegante Kavalier, welchem die äußeren Schwie=
rigkeiten den Gegenstand seiner Wahl um so begehrens=
werter erscheinen lassen, endlich das Mädchen, das ihn liebt,
aber ohne jeden sentimentalen Zusatz und deshalb nie den
Heiratskontrakt aus den Augen verliert.

Keineswegs war es Paisiello, welcher auf die Musik des
Rossinischen „Barbiers", wenn man schon von einer Ein=
wirkung sprechen will, Einfluß geübt — vielmehr andere
Komponisten. In erster Linie Domenico Cimarosa,
einer der bedeutendsten italienischen Komponisten, der Schöpfer
der „Heimlichen Ehe" („matrimonio segreto"). Dieser
Meister, welcher in unmittelbarer Nähe Rossinis, in Neapel,
als Kapellmeister lebte, hat sowohl in den Einzelgesängen
wie im Ensemble dem Jünger zum Vorbild gedient, freilich
überflügelte dieser jenen und in Bezug auf Melodienreich=
tum und üppige Kantilene ist wohl kaum noch eine Paral=
lele möglich. Einen vielleicht noch größeren Einfluß auf
den „Barbier" muß man der „Hochzeit des Figaro" des
göttlichen Mozart zuschreiben. Hat er auch begreiflicherweise
den großen Meister der Musik nicht erreicht, und geht Rossini
vor allem die reiche Fülle des Gemüts und jener erlösende
Humor ab, welcher selbst über die alltäglichsten Menschen und

Dinge seinen sonnigen Glanz ausbreitet, so muß doch ein=
gestanden werden, daß an Wert und Reiz keine komische
Oper in der Weltlitteratur der Mozartschen „Hochzeit des
Figaro" so nahe kommt wie der Rossinische „Barbier".
Dieses köstliche, von graziösem Übermut, reizender Schalk=
haftigkeit und bezaubernder Anmut strahlende Werk zeichnet
sich auch dadurch aus, daß es keine einzige Nummer ent=
hält, die das Gepräge der Flüchtigkeit oder der handwerks=
mäßigen Mache beziehentlich Routine trüge. Alles ist frisch,
ungezwungen, gleichsam walbursprünglich, bezaubernd=heiter
wie der sonnige Himmel eines italienischen Frühlingstages.

Welche Begeisterung der „Barbier von Sevilla" auch in
Deutschland hervorrief, bewiesen nicht allein die vollen Häuser,
welche die Aufführungen aller Orten erzielten, sondern auch
die schwungvollen Kritiken genialer Musiklaien, wie z. B.
Heinrich Heine war. In seinen Reisebildern (Kapitel XIX)
äußert er sich u. a. in zutreffender Weise: „Rossini, divino
maëstro, Helios von Italien, der du deine klingenden
Strahlen über die Welt verbreitest! verzeih meinen Lands=
leuten, die dich lästern auf Schreibpapier und Löschpapier!
Ich aber erfreue mich deiner goldenen Töne, deiner melo=
dischen Lichter, deiner funkelnden Schmetterlingsträume, die
mich so lieblich umgaukeln und mir das Herz küssen wie
mit Lippen der Grazien! Divino maëstro, verzeih meinen
armen Landsleuten, die deine Tiefe nicht sehen, weil du sie
mit Rosen bedeckst, und denen du nicht gedankenschwer und
gründlich genug bist, weil du so leicht flatterst, so gott=
beflügelt! — Freilich, um die heutige italienische Musik zu
lieben und durch die Liebe zu verstehen, muß man das Volk
selbst vor Augen haben, seinen Himmel, seinen Charakter,
seine Mienen, seine Leiden, seine Freuden, kurz seine ganze
Geschichte, von Romulus, der das heilige römische Reich
gestiftet, bis auf die neueste Zeit, wo es zu Grunde ging
unter Romulus Augustulus II. Dem armen geknechteten
Italien ist ja das Sprechen verboten, und es darf nur

durch Musik die Gefühle seines Herzens kundgeben. All
sein Groll gegen fremde Herrschaft, seine Begeisterung für
die Freiheit, sein Wahnsinn über das Gefühl der Ohnmacht,
seine Wehmut bei der Erinnerung an vergangene Herrlich=
keit, dabei sein leises Hoffen, sein Lauschen, sein Lechzen nach
Hilfe, alles dieses verkappt sich in jene Melodien, die von
grotesker Lebenstrunkenheit zu elegischer Weichheit herab=
gleiten, und in jene Pantomimen, die von schmeichelnden
Karessen zu drohendem Ingrimm überschnappen. Das ist
der esoterische Sinn der opera buffa. Die exoterische
Schildwache, in deren Gegenwart sie gesungen und dar=
gestellt wird, ahnt nimmermehr die Bedeutung dieser hei=
teren Liebesgeschichten, Liebesnöten und Liebesneckereien, wor=
unter der Italiener seine tödlichsten Befreiungsgedanken
verbirgt, wie Harmodius und Aristogiton ihren Dolch ver=
bargen in einem Kranze von Myrten. Das ist halt närri=
sches Zeug, sagt die exoterische Schildwache, und es ist gut,
daß sie nichts merkt. Denn sonst würde der Impresario
mitsamt der Primadonna und dem Primo Uomo bald jene
Bretter betreten, die eine Festung bedeuten; es würde eine
Untersuchungskommission niedergesetzt werden, alle staats=
gefährliche Triller und revolutionsnärrische Koloraturen kämen
zu Protokoll, man würde eine Menge Arlekine, die in wei=
teren Verzweigungen verbrecherischer Umtriebe verwickelt sind,
auch den Tartaglia, den Brighella, sogar den alten be=
dächtigen Pantalon arretieren, dem Dottore von Bologna
würde man die Papiere versiegeln, er selbst würde sich in noch
größeren Verdacht hineinschnattern und Kolumbine müßte
sich über dieses Familienunglück die Augen rot weinen." —
    Nach Aufführung des „Barbiers von Sevilla" in Rom
kehrte Rossini nach Neapel zurück und schrieb noch in dem=
selben Jahre für das Theater del Fondo seinen „Otello".
Diese Oper gehört zu den besten tragischen Opern des
Maestro. Das Libretto ist nach der gleichnamigen Tragödie
Shakespeares bearbeitet, aber vom Shakespeareschen Geiste

ist darin wenig zu verspüren. Die Oper wird vielmehr zu
einem Märchen vom Blaubart. Während Shakespeare in
unübertroffener Weise das Drama der Eifersucht, der hirn-
verzehrenden und rückenmarkausdorrenden Eifersucht, geboten,
ist es hier die geckenhafte, lächerliche Eitelkeit, die keiner
wahren, erschütternden Leidenschaft fähig ist. Sehr richtig
hat schon Herr von Stendhal bemerkt, daß Rossini nicht nur,
wie gewöhnlich, die albernen Worte, sondern, was noch weit
schwieriger ist, das Widersinnige in den Situationen hätte
überwinden müssen. Statt des tiefsten Elends bekundet sich
überall nur der Ausdruck des Unwillens; immer beleidigte
Eitelkeit eines Wesens, von dem das Schicksal seines Schlacht-
opfers völlig abhängig ist, statt des furchtbaren Schmerzes
der Liebesleidenschaft, die durch den Gegenstand ihrer Liebe
sich verraten glaubt.

Bei allen Mängeln des Librettos enthält die Oper eine
Fülle unvergleichlicher Schönheiten. Die Ouvertüre ist glänzend; in dem ersten lebendigen Chor nebst Marsch: „vivat
Otello" findet sich Grazie und Leichtigkeit. Das Recitativ
des Otello: „Vincemmo, o padri" ist mit ergreifend düsteren
Farben in der Begleitung gemischt. Ein vulkanisches Feuer
herrscht in dem Duett zwischen dem finsteren Jago und dem
jungen Laffen Robrigo: „Fürchte nicht, erheitere nur wieder
deine Blicke." Das Duett: „O, laß mich Ruhe finden" erinnert an die Reinheit und Einfachheit des Stils im „Tankred". Auch der Chor: „Hymen sank im Rosenkleide" ist
voll Lieblichkeit, reizend und gefällig. Das Finale: „Die
Wahl, die ich getroffen" gehört zu dem Großartigsten, was
Rossini geschaffen. Bei den Worten: „Mein Mut und treue
Liebe" erinnert Rossini an Mozart: Melodienreichtum, tiefe
Empfindung und packender dramatischer Ausdruck vereinigen
sich hier zu einem wohlthuenden, harmonischen Ganzen.
Die Arie des Robrigo im zweiten Akt: „Was hör' ich? weh
mir!", das große Duett zwischen Otello und Jago, das
große Terzett des zweiten Akts und die Romanze des dritten

Akts werden ſtets zu den Perlen der Roſſiniſchen Muſik gehören. Da das Publikum damals noch nicht ſo abgehärtet gegen Maſſenſchlächtereien war, wie heutzutage, erregte die tragiſche Oper „Otello", welche mit einem Morde endigt, bei ihrer erſten Aufführung Anſtoß. Als man „Otello" im nächſten Jahre in Rom gab, änderte man, um die öffent= liche Meinung für ſich zu gewinnen, den Schluß. Bevor Desdemona von Otello getötet wird, kommt es noch zu einem Duett zwiſchen beiden. Erſtere ruft: „Was willſt du thun, Unglücklicher? Ich bin unſchuldig!" — „Iſt dies wirklich wahr?" fragt der Mohr. — „Ich ſchwöre dir's," antwortet Desdemona. Nun gehen ſie — unglaublich, aber wahr — Hand in Hand an die Rampen vor und ſingen ein fröhliches Allegro aus irgend einer anderen Roſſiniſchen Oper und ſind ein Herz und eine Seele!

Im folgenden Jahre (1817) ließ Roſſini im Theater Valle in Rom ſeine „Cenerentola" — „Aſchenbrödel" — aufführen. Er erhielt dafür ein Honorar von 1560 Francs. „Cenerentola" iſt wieder eine komiſche Oper. Der Text rührt von Faretti in Rom her, welcher übrigens als Quelle den franzöſiſchen Dichter Etienne benutzt hat. Von dem reizenden Aſchenbrödel=Märchen iſt hier leider nichts zu finden, vielmehr iſt alles auf den Zuſchnitt der komiſchen Oper zurechtgearbeitet, freilich in einer Form, die ziemlich bar jeglicher Poeſie iſt. Dafür gehört die Muſik zu den treff= lichſten Schöpfungen Roſſinis. Sie enthält Nummern, wie deren der ſo melodienreiche Meiſter ſonſt keine geſchaffen hat. Der Humor und die feine Berechnung der Wirkungen iſt reifer, ſicherer und treffender als in den früheren Opern des Komponiſten, den „Barbier von Sevilla" etwa ausge= nommen. Anderen abfälligen Beurteilungen dieſer jetzt ver= geſſenen Oper des Meiſters gegenüber hebt C. H. Bitter, deſſen Anſicht ich mich voll und ganz anſchließe, mit Recht hervor, daß die Muſik von „Cenerentola" eine in ſich ab= geſchloſſene iſt. Die Komik des Magnifico und des Danbini ist, so weit auch beide Figuren von einander verschieden sind, eine vollendete; der Vater der Cenerentola giebt dem Dr. Bartolo nicht das Geringste nach an sprühender Laune und lustiger Beweglichkeit, welche sich in fast jeder Nummer ausdrückt. Das Duett zwischen ihm und Dandini im zweiten Akt ist ein Meisterstück von lebendigem Humor und glücklichen Einfällen und das Sextett desselben Aktes dürfte in seiner Art kaum übertroffen sein. Mit Meisterhand zeichnet Rossini die Verwirrung in den Gemütern der handelnden Personen, und in unvergleichlicher Weise drückt er diese in den lebhaftesten Formen seiner Melodik und in den blendendsten Klangwirkungen aus. Es ist ein Stimmengeflecht der feinsten Art, das sich dem Hörer hier darstellt, von wunderbarer Plastik übergossen, in vollendeter Form und in genauester Kenntnis der Mittel wie der Wirkung.

Eine gleichnamige Oper hat auch Nicolo Isouard, der Komponist von „Cendrillon", „Jaconbo" und anderen Opern, geschrieben. Interessant ist ein Vergleich zwischen beiden. Während bei Isouard alles märchenhaft duftig und in den feinsten Seelenstimmungen gezeichnet ist, ist bei Rossini alles von realistischer Komik, von blendenden Gesangseffekten, von Wohlklang und übersprudelndem Fioriturenglanz.

Um jene Zeit war es, als Ludwig Spohr sich in Rom befand. Der große deutsche Geiger und Komponist hätte gern die Bekanntschaft seines italienischen Kollegen gemacht, aber er hatte die Rechnung ohne den Wirt, d. h. den Impresario Rossinis, gemacht. Eifrig arbeitete er an seinem „Aschenbrödel"; da er jedoch nicht zur bestimmten Stunde fertig wurde, hielt ihn der Impresario in einer Art von Gefangenschaft und ließ ihn weder ausgehen noch Besuche machen, damit er nicht von der Arbeit abgehalten werde. Wie Spohr, so erging es auch dem Prinzen Friedrich von Gotha, dem Freunde Spohrs, welcher beide Meister einlud, um deren gegenseitige Bekanntschaft zu vermitteln — der Impresario-Cerberus machte jede Annäherung unmöglich.

Hatte nun auch Ludwig Spohr keine Gelegenheit, Rossini zu sprechen, so hörte er doch dessen Opern, und gewiß wird seine, allerdings sehr scharfe, Beurteilung noch jetzt von Interesse sein. Er äußert sich in einem Briefe aus Neapel vom Jahre 1817 — in der „Leipziger Musikzeitung" von 1817, Band 19 — u. a.: „Rossini hat, wie nicht zu leugnen ist, viel Genie und bei einem ernsten Studium, welches die neueren Italiener aber ganz vernachlässigen, hätte ein sehr ausgezeichneter Komponist aus ihm werden müssen. Seine Opern haben viel Frisches und Lebendiges: doch fehlt es ihnen auch, wie allen übrigen neuen italienischen Opern, die ich bis jetzt hörte, an einem reinen, unvermischten Stil, an einer Charakteristik der Personen und an Korrektheit der Harmonien. Man könnte die Musik seiner komischen Opern mit der seiner ernsten verwechseln, ohne daß es sehr auf= fallen würde, so wie es ihm wirklich begegnet ist, daß er den ersten Akt seiner Oper bereits fertig hatte, als diese von der Censur verworfen wurde und er nun dieselbe Musik einer anderen anpassen mußte. Denn man hört es seiner Musik, ohne die Situation zu kennen, wohl schwerlich an, ob von fröhlichen oder von traurigen Dingen die Rede ist; ebensowenig, ob ein König oder Bauer, der Herr oder der Diener singt. Seine Unreinheiten in der Harmonie will ich nicht erwähnen, denn an diese gewöhnt man sich in Italien, wo man deren täglich zu hören bekommt, sehr leicht und wird wenigstens nicht mehr sehr dadurch gestört; aber seines blumigen Gesanges, wie ihn die Italiener nennen, weil er auf dem Wege ist, auch diesem allein wahren, einfachen Gesange, und folglich dem letzten und einzigen Vorzuge der neueren italienischen Oper, vollends den Garaus zu spielen. Dieser vielgepriesene und von anderen schon unglücklicher= weise nachgezeichnete, blumige Gesang besteht darin, daß er den ehemals gebräuchlichen, einfachen Gesang auf eine höchst tolle und der menschlichen Stimme völlig unnatürliche Weise verziert, so daß man in einer langen Oper oft nicht drei

3*

große, getragene Töne hört. Wie dies die Sänger, die
ohnehin die alte, große Gesangsmethode verloren haben,
vollends verderben muß, ist leicht vorherzusehen. Solche
Stellen können wohl, wenn sie gut gesungen werden, einen
angenehmen Ohrenkitzel erregen; das Gefühl werden sie aber
nie ansprechen, und man wird sich des Unwillens nicht er=
wehren können, die Stimme durch Nachahmung der In=
strumente herabgewürdigt zu sehen, während sie diesen in
einfachem, gefühlvollen Vortrag als Muster dienen sollte."

Tritt uns schon bei Spohr der grundlegende Unterschied
zwischen echt dramatischer, deutscher Musik und italienischem
Virtuosengesang in dem vorstehend mitgeteilten Urteil ent=
gegen, so hat der klassische deutsche Meister der romantischen
Oper, Karl Maria von Weber, vier Jahre später über
die italienischen Rouladen Rossinis sich noch in schärferer
und obendrein in satirischer Form geäußert. Es geschah dies
namentlich in der von Fr. Kind, dem Textdichter des „Freischütz",
herausgegebenen Monatsschrift „Die Muse", 1. Band, 3. Heft,
1821. Weber veröffentlichte dieses sein Urteil dort in einem
„Biographischen Fragment" in Form einer köstlichen Parodie
der Kapuzinerpredigt in „Wallensteins Lager". Man höre:

„Felix, der in einem Gespräche mit dem etwas über=
treibenden Diehl von dem starken Mißbrauch der Instru=
mentalkraft bei einem berühmten Komponisten gesprochen
hat, fährt daselbst fort: ‚Weit schädlicher einwirkend ist der
jetzt aus Süden herüberwehende Rossinische Sciroccowind,
dessen Glut aber bald ausbrennen wird, denn wenn auch
der Tarantelstich die Leute zum Tanzen bringt, so sinken sie
doch bald erschöpft und geheilt nieder.' In diesem Augen=
blicke fiel der am Pianoforte sitzende und zuhörende Klavier=
meister mit der Tarantella in rasendem Tempo ein, in welche
er, geschickt und höchst witzig parodierend, di tanti palpiti
zur Ergötzlichkeit der ganzen Gesellschaft zu verweben wußte.
Mit taschenspielerischer Fertigkeit hatte Diehl seinen braunen
Mantel umgeworfen, den Mantel zur Kapuze gestaltet und

unterbrach nun ben Jubel, von einem Stuhle auf die Ver=
sammlung herabbonnernd:

Heisa, juchheisa, bibelbumbei!
Das geht ja toll her; bin nicht babei.
Ist bas eine Art Komponisten?
Seib ihr Türken, seib ihr noch Melobisten?
Treibt man so mit ber Tonkunst Spott,
Als hätte der alte Musengott
Das Chiragra, könnte nicht breinschlagen?
Ist jetzt die Zeit ber Orchesterplagen
Mit Pickelflöten und Trommelschlagen?
Ihr steht nun hier und legt bie Hände in Schoß;
Die Kriegsfurie ist in ben Tönen los;
Das Bollwerk des reinen Sangs ist gefallen,
Italien ist in des Feindes Krallen,
Weil ber Komponist liegt im Bequemen,
Höhnt bie Natur, läßt sich's wenig grämen,
Kümmert sich mehr um den K n a l l, als um ben S ch a l l.
Pflegt lieber bie Narrheit als bie Wahrheit,
Hetzt bie Hörer lieber toll im Gehirn,
Hat bas Honorar lieber als bas Honorier'n.
Die Kunstfreunde trauern in Sack und Asche,
Der Directeur füllt sich nur die Tasche.
Der Kontrapunkt ist worben zu einem Kunterbunt,
Die Lernenden sind ausgelassen Lärmende.
Die Melobien sind verwandelt in Malabien,
Und allen gesegneten klassischen Genuß
Verkehrt man uns in Knall=Fibibus.
Woher kommt bas? Das will ich euch verkünden:
Das schreibt sich her von vielen Applaubierfünden,
Von bem Geschrei und Bravogeben,
Dem jetzt die Publikümer leben;
Wenn freche Passage macht ben Magnetstein,
Der ben Applaus zieht in bie Oper 'nein.
Auf ben Läufer, gut ober übel,
Folgt bas Gepatsch, wie die Thrän' auf bie Zwiebel;
Hinter bem Esel kommt gleich ber Schwanz,
Das ist 'ne alte Kunstobservanz.
Es ist ein Gebot: Du sollst ben alten
Und reinen Satz nicht unnütz halten,
Und wo hört man ihn mehr blasphemieren,
Als jetzt in ben allerneuesten Tonquartieren,

Wenn man für jede Oktav und Quint,
Die man in euren Partituren find't,
Die Glocken müßt' läuten im Land umher,
Es wär' bald kein Glöckner zu finden mehr.
Und wenn euch für jeden falschen Accent,
Der aus eurer ungewaschnen Feder rennt,
Ein Härlein ausging aus eurem Schopf,
Über Nacht wär' er geschoren glatt,
Und wär' er so dick wie Absaloms Zopf.
Der Händel war doch wohl ein Kunstmagnet,
Der Mozart hat auch, glaub' ich, Neues gehegt,
Und wo steht denn geschrieben zu lesen,
Daß sie so unwissende Kerle gewesen?
Braucht man der Tint' doch, ich sollte meinen,
Nicht größern Aufwand zu reinen Sätzen
Als zu unreinen Gemeinplätzen!
Aber wessen das Gefäß ist gefüllt,
Davon es sprudelt und überquillt.
Wieder ein Gebot ist: Du sollst nicht stehlen!
Ja, das befolgt ihr nach dem Wort:
Denn ihr tragt alles offen fort.
Vor euren Klauen und Geiersgriffen,
Vor euren Praktiken und bösen Kniffen
Ist die Not nicht sicher in der Zeil,
Find't die Melodie und der Baß kein Heil.
Ihr schießt mit deutschem und mit fränkischem Pfeil.
Was sagt der Prediger: contenti estote!
Begnügt euch mit eurem Kommißbrote!*)
Aber wie soll man die Schreiber fassen,
Kommt doch das Ärgernis aus den Massen!
Wie das Publikum, so das Haupt;
Weiß doch niemand, an was das glaubt.

Felix: Halt, uns Komponisten mag der Herr schimpfen,
　　　Das Publikum soll er uns nicht verunglimpfen!

Diehl, vom Stuhl springend: Und ihr, wir meinen Rossini nicht! Glaubt ihr, weil ich seine zahllosen Schwächen kenne, ich liebte ihn darum weniger? Nein, ich lobe mir meinen liebenswürdigen, ungezogenen Jungen, l'enfant chéri

---

*) Die Anmerkung erklärt: eine Art Roggenbrot, worin des Mehls wenig, desto mehr aber Rosinen (Rosine im „Barbier von Sevilla") sind.

de la fortune! Seht, wie reizend er das Gemach durch=
stürmt, wie witzig glühende Funken aus seinen Augen sprü=
hen, welche liebliche, herrliche, würzige Blümlein er jenen
Damen in den Schoß wirft! Was schadet es denn, wenn
er in der Eile einem alten Herrn auf die Zehen tritt, eine
Tasse zerbricht oder gar den großen Spiegel zerschlägt, der
die Natur so herrlich widerstrahlt? Man verzeiht dem losen
Jungen, nimmt ihn liebkosend auf den Arm, in welchen er
wohl, gleich wieder lustig=übermütig, einen Biß versucht,
dann entlaufend an der Schule vorbei und die armen Kame=
raden auslachend, die darin schwitzen und vom Publikum
höchstens mit Kartoffeln gefüttert werden, indes er Marzipan
knabbert. Ich fürchte mich vor nichts, als vor der Zeit,
wo er anfangen wird, klug werden zu wollen, und der
Himmel gebe der gaukelnden Libelle einen gnädigen Blumen=
tod, ehe sie bei dem Versuche, die Biene werden zu wollen,
als Wespe inkommodiert." — — —

Im Jahre 1817 schrieb Rossini für die Mailänder Scala:
„La gazza ladra" („Die diebische Elster"). Wie es bekannt=
lich auch manchen anderen Opern des Komponisten erging,
wurde auch „Die diebische Elster" anfänglich kühl aufgenom=
men, um mit der Zeit um so mehr die Gunst des Publikums
zu erringen. Dieses Werk enthält gleichfalls, neben vielem
Schwachen und Oberflächlichen, manches sehr Hübsche und
ist reich an reizenden Melodien, was um so mehr zu be=
wundern ist, als der von Gheraobini nach einem Melodram
der Herren Daubigny und Caigniez bearbeitete Text sehr
flach und witzlos ist. Der Musikalienverleger Rossinis,
Ricordi, der durch den Meister zum reichen Manne ge=
worden, erzählte einst, daß der Komponist eines seiner
schönsten Duette in der „diebischen Elster" in einem Zim=
mer hinter seinem Laden, mitten unter dem Schreien und
entsetzlichen Lärm von zwölf oder fünfzehn Notenschreibern,
wovon einige den anderen die abzuschreibende Musik laut
vordiktierten oder sie kollationierten, in der Zeit von einer

Stunde geschrieben habe — ein neuer Beweis von der fabelhaften Schnelligkeit, womit Rossini arbeitete. Zu den schönsten Nummern der Oper gehören die Kavatine der Ninette („Hoch von Lust klopft mir das Herz"), die Kavatine des Amtmanns („Ja, mein Plan ist schon bereitet"), das Terzett: „Ich atme, empfehlt euch", das Duett zwischen Peppo und Ninette im zweiten Akt und das Quintett des zweiten Aktes mit dem Chor der Richter: „Zittert, ihr Völker!"

Lange Zeit hindurch galt „Die diebische Elster" für die beste Arbeit Rossinis und sie hatte sich überall außerordentlichen Beifalls zu erfreuen. Da ich die Oper selbst leider nicht gehört habe, folge ich der Schilderung meines verstorbenen Freundes C. H. Bitter, welcher sie auf dem Markusplatze in Venedig hörte. Er meinte, daß in der Musik der vollendete Meister ausgeprägt sei. Mit besonderer Sorgfalt sei die sehr wohlklingende Ouvertüre ausgearbeitet und darin das berühmte Crescendo von großer Wirkung. Die Arien, Duette, Ensembles und große Finales wechseln in vollster Ausgiebigkeit und mit allen Schwächen und Vorzügen Rossinis miteinander in reichem Maße ab. Der Meister habe überhaupt in dieser Komposition alles niedergelegt, was er an Gesang in dem besten Sinne, wie er diesen verstand, und an Melodie geben konnte, und die Klangwirkungen der mehrstimmigen Sätze und der großen Massen stünden keiner der besten Leistungen des Komponisten nach. An und für sich würden die Gesangsnummern der „diebischen Elster" geschulten Sängern von Geschmack und vollendeter Technik noch heute Gelegenheit zu vorzüglichen Kunstleistungen und dem Publikum reichen Genuß bieten, aber für die moderne Opernbühne passe diese Oper doch nicht mehr, und sie würde hierfür selbst dann nicht passen, wenn es noch Sänger gäbe, die den Aufgaben, welche die Partien der Ninetta, des Gianetto, des Fernando und des Podesta stellen, gewachsen wären.

Kaum war Rossini, im September 1817, nach Neapel
zurückgekehrt, schrieb er in wenigen Tagen die Oper
„Armida", welche bereits im November im Theater San
Carlo aufgeführt wurde. Dem Libretto wurde die bekannte
Erzählung des „Tasso" zu Grunde gelegt. Die Oper hat
schöne Chöre und eines der schönsten Duette im ersten Akt,
vielleicht das berühmteste von Rossini: „Der Liebe gewalt'ges
Wesen". Am Tage der ersten Aufführung ließ ihn das
Publikum die Unsicherheit der Stimme seiner späteren Frau,
Signora Colbrand, entgelten, und „Armida" machte wenig
Glück, trotz des genannten Duetts und des reizenden Ter-
zetts zwischen Gernand, Ubaldo und Rinald im dritten Akt.
Auch in anderen italienischen Städten hatte die Oper mit
lebhafter Opposition zu kämpfen, dafür erntete sie jedoch 1821
auf dem Wiener Kärntnerthor-Theater glänzenden Beifall.

Vorher schrieb Rossini noch für den Karneval in Rom
die Oper „Adelaide di Bourgogna", welche am 30. Dezember 1817 im Theater Argentina zum erstenmale gegeben
wurde. Besonders gerühmt wird eine Arie derselben: „O
crude stelle!"

Ein Jahr darauf — 1818 — entstand seine Oper „Moses
in Ägypten", welche er für die Fastenzeit für das Theater
San Carlo in Neapel zu schreiben unternommen hatte.
„Moses in Ägypten" ist eine opera seria, oder — richtiger
gesagt — ein Oratorium, ein Offertorium, wie es die Italiener
nennen. In großer Hast hatte Rossini dieses Werk geschaffen,
und doch war der Erfolg, welchen es schließlich in Neapel
davontrug, ein ungeheurer. Herr von Stendhal, welcher der
verfänglichen Premiere beiwohnte, schildert dieselbe in nach-
stehender drastischer Weise: „In Neapel ist man fast nur im
Fache der Musik gelehrt; darum fand die Eigenliebe der Neapolitaner an diesem Abend ein so lebhaftes Vergnügen daran,
dieser Oper Beifall zu geben, welche man als eine gelehrte
Musik ankündigte. Rings um mich sah ich die Eitelkeit in
zwanzig verschiedenen Gestalten, hocherfreut, eine Probe ihres

Wissens ablegen zu können. Der eine schrie laut auf über
einen Accord des Violoncells, der andere über einen Ton
des Horns, der zur rechten Zeit eintrat. Einige Zuhörer,
die, schon neidisch auf Rossini, seine Introduktion bis in die
Wolken erhoben, applaudierten mit boshaften Blicken, als
wenn sie zu verstehen geben wollten, er könne irgend einen
deutschen Komponisten bestohlen haben. Das Ende des ersten
Aktes ging ohne Hindernis vorüber; es wurde dabei die
Feuerplage durch ein kleines, künstliches Feuerwerk darge-
stellt. Auch der zweite Akt wurde gut aufgenommen. Man
erhob das prächtige Duett mit ungemeinem Beifall. Von
allen Seiten im Saale erscholl es: „bravo, maëstro, evviva
Rossini!" Es ist das Duett, in welchem Elcia, eine junge
Israelitin, ihrem Geliebten, dem Sohne Pharaos, auf ewig
Abschied sagt. Und doch hätte nicht viel gefehlt, und „Moses"
hätte schmählich Fiasko gemacht! Der Librettist, Totola,
hatte nämlich im dritten Akt einen Durchgang durch das
Rote Meer angebracht, ohne zu bedenken, daß dieser Durchgang nicht so leicht wie die ägyptische Finsternis auf dem
Theater zu bewerkstelligen sei. Infolge der ungeschickten In-
scenierung des Maschinenmeisters wurde diese Scene lächer-
lich und das Publikum machte beinahe Anstalten, das Stück
auszupfeifen." Um den famosen dritten Akt und damit die
Oper zu retten, verfiel Totola nun auf die Idee, noch ein Gebet
der Hebräer vor ihrem Durchgang durch das Rote Meer
anzubringen. „Maëstro," sagte er einen Tag vor der dritten
Aufführung des „Moses" zu Rossini, der, wie gewöhnlich,
auf seinem Bette faulenzte und einer Menge Bekannten
Audienzen gab, „das habe ich in einer Stunde gemacht."
Rossini sieht ihn eigentümlich an: „Wie? in einer Stunde?"
ruft er. „Nun gut, so will ich die Musik dazu in einer
Viertelstunde machen." Mit diesen Worten springt Rossini
aus dem Bett, setzt sich, im tiefsten Negligé, an den Tisch
und komponiert in acht, höchstens in zehn Minuten, ohne
Fortepiano, wobei die laute Unterhaltung seiner Freunde

fortgeht, die Musik zu der preghiera, dem Gebete des Moses.
„Hier hast du die Musik," spricht er dann zum Dichter,
welcher sich entfernt, und er begiebt sich, über das ver=
blüffte Gesicht des Totola sich vor Lachen ausschüttend,
wieder in sein Bett.

Ein Augenzeuge, welcher dieser dritten Aufführung des
„Moses" mit dem „Gebet" beiwohnte, giebt folgende an=
schauliche Schilderung von der Wirkung der also vermehrten
und verbesserten Oper: „Dieselbe Begeisterung wie früher.
Im dritten Akt, als der berüchtigte Durchgang durch das
Rote Meer kam, derselbe Spaß und dieselbe Lust zum Lachen.
Das Lachen ging schon im Parterre an, als man Moses
ein neues Gesangstück anstimmen hörte: „Von deinem Sternen=
throne", das Gebet, welches nachher vom Volke im Chor
wiederholt wird. Überrascht von diesem neuen Stück, horchte
das Parterre auf, und das Lachen war mit einemmale ver=
schwunden. Das schöne Stück bewegt sich in Moll. Aaron
fährt fort und nach ihm singt das Volk. Endlich richtet
Elcia dasselbe Gebet zum Himmel und das Volk antwortet.
In diesem Augenblick wirft sich alles auf die Kniee und
wiederholt mit Begeisterung das Gebet. Das Wunder ist
nun bewirkt; das Meer öffnet sich und macht dem Volke
des Herrn Bahn. Dieser letzte Teil aber, während das
Wunder vor sich geht, ist in Dur geschrieben. Man kann
sich den Donner nicht vorstellen, der durch das ganze Haus
erscholl. Man hätte glauben sollen, dasselbe bräche zu=
sammen; alles schrie: „bello, bello, o che bello!" (schön,
schön, o wie schön!) Nie habe ich einen solchen Lärm ge=
hört, und der Beifall galt doch nicht der befriedigten Eitel=
keit, er drang aus dem vollen Herzen, welches sich in diesem
überraschenden Genusse glücklich fühlte."

Cottugno, der erste Arzt von Neapel, erzählte einst,
Rossini sei ein wahrer Mörder: er wisse von mehr als
vierzig Anfällen von nervösen Gehirnkrankheiten und Kon=
vulsionen bei jungen leidenschaftlichen Musikliebhaberinnen,

welche sich bloß von jenem Gebet der Hebräer und dem herrlichen Tonwechsel desselben herschrieben.

Dem äußeren Erfolge entsprach auch der pekuniäre Lohn; keine einzige Oper hatte ihm bisher so viel eingebracht wie der „Moses": für „Tankred" z. B. bekam er 600 Franks und für „Otello" 100 Louisdors, während „Moses" 4200 Franks abwarf.

Rossini hielt sich darauf kurze Zeit in Florenz, Ferrara und in seiner Vaterstadt Pesaro auf. In Ferrara dirigierte er im Mai 1818 bei der dort eröffneten Akademie für Gesang und Instrumentalmusik. In Pesaro wurde im Juni desselben Jahres das neuerbaute Theater mit der „diebischen Elster" eröffnet. Diese Oper gefiel dort sehr; er wurde außerordentlich gefeiert. Etwa zweihundertmal wurde er hervorgerufen und nach der Vorstellung begleitete man ihn unter fortwährendem stürmischen Evvivarufen mit Musik und Fackelschein in seine väterliche Wohnung. Nachdem er eine gefährliche Halsentzündung, an welcher er mehrere Wochen lang daniederlag, glücklich überstanden hatte, kehrte er wieder nach Neapel zurück. Dort schrieb er in rascher Reihenfolge zwei Opern: „Ricciardo e Zoraide" und „l'Ermione"; die erstere, eine lyrische Oper in zwei Aufzügen, wurde im Herbst 1818 in San Carlo und letztere in der Fastenzeit desselben Jahres ebendaselbst gegeben. In „Ricciardo", dessen Librettist der Marquis Berio war, gefiel am meisten ein Duett im ersten Akt und im zweiten das Duett zwischen Ricciado und Zoraide. Die Oper schlug außerordentlich durch. Welcher Kultus damals mit Rossini und seiner Musik getrieben wurde, beweist schon der Umstand, daß in der Hofzeitung von Neapel ein Sendschreiben Cimarosas aus dem Elysium an Rossini erschien, welches den letzteren gewaltig rühmte und ihn anfeuerte, auf dem betretenen Wege vorwärts zu schreiten. In „l'Ermione" suchte Rossini sich der deklamatorischen Gattung der französischen Oper zu nähern — doch mißglückte der Versuch und das Stück erlitt ein entschiedenes Fiasko.

Dazwischen schrieb er — 1819 — binnen drei Tagen: „Adina, o il Califfo di Bagdado" für das San Carlo= Theater in Lissabon, eine Kantate für Sopran zu Ehren des Königs von Neapel, welche am 20. Februar 1819 im Theater San Carlo von Isabella Colbrand vorgetragen wurde; ferner eine dreistimmige Kantate, welche zu Ehren der ersten Anwesenheit des Kaisers Franz von Österreich im genannten Theater zur Aufführung kam, und endlich — in zwei Tagen — eine Messe. Wie sehr dieselbe den Italie= nern zusagte, beweist das Scherzwort eines Priesters, der zu dem Komponisten gesagt haben soll: „Rossini, wenn du mit dieser Messe an die Pforten des Paradieses kommst, so kann dir der heilige Petrus bei all deinen Sünden den Eingang nicht versagen."

Nicht so begeistert war freilich ein deutscher Kritiker, der Geheimrat von Miltitz, welcher der Aufführung der Messe am 24. Nov. des. J. beiwohnte. Dieser in vielfacher Hin= sicht interessante Bericht, welcher auf den Stand der Kirchen= musik im damaligen Italien ein helles Schlaglicht wirft, lautet wörtlich: „Am 24. November Fest der Schmerzen Mariä. Für dieses Fest war eine Messe von Rossini angekündigt, die in der Kirche S. Fernando abgehalten werden sollte. Wer wäre nicht gespannt gewesen, den Liebling der ita= lienischen, fast möchte ich sagen, der europäischen Opern= bühne an heiliger Stätte zu hören, um dort vielleicht in der würdigsten Anwendung aller musikalischen Mittel und seines Talents seine reiche Individualität zu bewundern? Indes konnte eine solche Vermutung, die Wahrheit zu sagen, nur von solchen gehegt werden, die keinen Begriff haben von dem gänzlichen Verfalle und der empörenden Gering= schätzung, mit welcher dieser wichtige Teil des Kultus in Italien verwaltet wird. Ich habe von Rossini selbst gehört, daß er diese Messe in zwei Tagen geschrieben und später vernommen, daß auch Raimondi daran arbeitete. Also Flickarbeit! Nachdem man über eine Stunde in der Kirche

versammelt war, begann eine Ouvertüre von Mayr mit
einem langwährigen Thema. Darauf eine Pause. Nach
dieser würdigen Einleitung zur Feier der Schmerzen der
göttlichen Mutter wurde Rossinis Ouvertüre zur „gazza
ladra", dünkt mich, abgejagt. Ich gestehe, daß diese
Schändung des Ortes und der Feier mir mit neuem
Schmerz durch die Seele ging! Nach einer zweiten Pause
endlich begann das Kyrie sehr düster, scharf dissonierend,
ohne Spuren von Kunst und Kenntnis des Kirchenstils,
aber doch nicht ohne eine gewisse Würde. Wäre es so
fortgegangen, so hätte man wenigstens gestehen müssen,
daß diese Messe nicht ganz wertlos sei. Das darauf folgende Gloria, wozu die Neapolitaner wie im Theater applaudierten, war in der Idee, einen Engelchor dem Jubel
der Hirten entgegenzusetzen, nicht ganz neu, aber angenehm
erfunden. Die ersten zwanzig Takte ließen ein originelles
Stück erwarten. Der Flug erhielt sich in mittlerer Höhe,
sank aber gegen das Ende zur Erde herab. Credo und
Offertorium war ein Ragout Rossinischer Opernphrasen,
ohne Sinn, ohne Aufmerksamkeit, ohne Zweck. Alle Favorit-
gesänge dieses Komponisten, durch zweiunddreißig von ihm
geschriebene Opern entfesselt, teils erfunden, teils deutschen
Meistern gestohlen, teils dem berühmten Vallutti abgelernt,
der sie, wie bekannt, öffentlich als seine reklamiert, waren
hier nicht einmal zusammengereiht, sondern wie in einer
Salami auf gut Glück durch einander geknetet. Wer, ob
Rossini oder Raimondi, das Sanctus und Agnus auf der
Seele habe, weiß ich nicht zu unterscheiden; wenn sich die
Tonsetzer in den Raub teilen, so bekommt keiner viel. Auch
eine Art von Fuge kam darin vor, deren Thema, gleich
einem, der am Schluchzen leidet, durch alle zwölf Tonarten
hüpfte. Das Orgelspiel während des Ritus war kläglich,
und da das Orchester während desselben einstimmte und
Rossini laut bald diesem, bald jenem aus dem Orchester zu-
rief, so kann man denken, wie die Heiligkeit des Orts ge-

achtet wurde. Das erleuchtete Publikum war indeſſen ent=
zückt, und acht Tage darauf hat man gewiß bei den un=
zähligen Maccaroni-Gelagen des neapolitaniſchen vornehmen
und geringen Volkes die Favoritgeſänge einer Meſſe, ge=
ſchrieben in zwei Tagen zur Feier der ſieben Schmerzen
Mariä, abgegurgelt." *)

Rossinis pekuniäre Verhältniſſe hatten ſich in der Zwiſchen=
zeit ſehr glänzend geſtaltet. Abgeſehen von den Honoraren,
welche ihm, bei ſeiner rieſigen Fruchtbarkeit, ſeine muſika=
liſchen Werke einbrachten — er ließ ſich jetzt für jede neue
Oper 500 Dukaten bezahlen —, wurde er als Direktor der
beiden königlichen Theater angeſtellt und erhielt außer einem
anſehnlichen Gehalte auch freie Koſt und Wohnung und
einen Anteil an den — Hazardſpielen. Er dachte mit dem
römiſchen Cäſar: „non olet!" Die Zeitgenoſſen rechneten
ihm nach, daß er jährlich 1000 Louisdors zurücklegen könnte....
Seine raſtloſe Feder ruhte aber nicht, obſchon er nicht mehr
der dira necessitas gehorchen mußte. 1819 bedütierte er
mit zwei Opern: „Eduardo e Cristina" und „La donna del
lago". Erſtere, im Theater San Benedetto in Venedig auf=
geführt, iſt ein Miſchmaſch aus „Ricciardo" und „Ermione",
über welche man in der „Leipziger Allgemeinen Zeitung",
Jahrgang 1822, die nachſtehende köſtliche Kritik leſen kann:
„Im erſten Akt ſang Facchinardi eine Kavatine von Gene=
rali, die Feron eine aus der Muſik Rossinis, Carafas und
eines Venetianer Maëſtro zuſammengeſtoppelte, die Paſta
ſang die Kavatine des Tenors aus „Otello", die Arie der
Feron beſtand zur Hälfte aus Rossiniſcher Muſik, während
die andere Mercabante entlehnt war; das Duett zwiſchen
der Paſta und der Feron war aus „Zoraide", die Arie des

---

*) Über den Unfug, welcher mit der Rossiniſchen Muſik in den
italieniſchen Kirchen getrieben wurde, heißt es in der „Leipziger Muſik=
zeitung", Jahrgang 1823, u. a : „Alle Verbote von ſeiten der Biſchöfe
gegen die heutige ausgeartete, aus Rossinis Opern beſtehende Kirchen=
muſik nützten nichts. Die Kirchenvorſteher ſagten: ‚Unſere Kirchen
werden deshalb ſtark beſucht.'"

Facchinarbi teils von Roſſini, teils von Generali, und im
zweiten Akt ging es noch toller zu, in welchem u. a. Kom=
poſitionen von Mayr, Zingarelli, Pucitta, Mercabante 2c.
herhalten mußten." — „La donna del lago" („Die Frau
vom See"), deren Sujet nach einem Roman Walter Scotts
gearbeitet war, wurde im Oktober im Theater San Carlo
gegeben. Dieſer Oper erging es bei ihrer Premiere ebenſo
wie dem „Barbier". Das Publikum war mißgelaunt und
lehnte das Werk ab, und nur am Schluß gelang es der
Colbrand, durch ihre Geſangskunſt das Stück zu retten —
ein neuer Beweis von der Wankelmütigkeit des neapolita=
niſchen Publikums in jener Zeit. Allerdings muß erwähnt
werden, daß der Haß der Neapolitaner nicht ſo ſehr dem
Komponiſten, wie dem arg angefeindeten Impreſario Barbaja
galt. Später gefiel jedoch „La donna del lago" ſehr; be=
ſondere Glanzpunkte ſind: die Kavatine nebſt dem Duett:
„O mattuttini albori", voll Friſche und tiefer Empfindung,
der Frauenchor in A dur, die Kavatine Maclcolms, das
Finale des erſten und das Duett ſowie Terzett des zweiten
Aktes. Auch über die Premiere dieſer Oper beſitzen wir ein
Urteil des genannten Herrn von Miltitz, u. a. dahin lau=
tend: „Wäre nicht das Grundprinzip der italieniſchen Muſik
an ſich einſeitig und zumal in ſeiner heutigen Anwendung
ganz Karikatur geworden, wäre ferner Roſſini überhaupt
im echten Sinne des Wortes Künſtler und nicht bloß glück=
licher Abentürier, ſo hätte gewiß aus ihm ein ſehr bedeu=
tender Meiſter werden können. (!) Er beweiſt dies auch im
vorliegenden Werke, wo er wegen der immer verſchwindenden
und immer falſch intonierenden Stimme der Colbrand ſich
in Hinſicht des Umfangs für den erſten Sopran ſehr enge
Grenzen ſetzen mußte. So wie es nicht an den breiteſten
Eingriffen in die Werke deutſcher Komponiſten und haupt=
ſächlich Mozarts fehlt, ſo kann man nicht leugnen, daß
ſehr angenehme Sätze aus Roſſinis eigener Phantaſie vor=
kommen."

1820 brachte Rossini seinen „Maometto secondo" auf das San Carlo=Theater. Das Libretto rührte von dem talentvollen neapolitanischen tragischen Dichter Duca de Ventignano her, aber die Oper machte weder in Neapel, noch später in Venedig und Wien Glück. Doch zeichnet sich auch diese opera seria durch einige Glanznummern aus, als da sind: im ersten Akt eine höchst ausdrucksvolle Kavatine, ein großes Terzett und das Finale und im zweiten Akt ein Terzett und eine preghiera in Dmoll. Bekanntlich arbeitete der Komponist später die Oper für die französische Bühne um und gab sie unter dem Titel „Die Belagerung von Korinth" heraus. Einer der italienischen Biographen Rossinis, Azevedo, weiß zu erzählen, daß der genannte Librettist, der Herzog von Ventignano, vom abergläubischen Volke für einen jettatore, d. h. für einen mit einem bösen Blick behafteten Menschen, gehalten wurde, und daß auch Rossini so abergläubisch war, daß sich derselbe nur mit großer Mühe entschließen konnte, den Text des „gefährlichen" Menschen zu komponieren. Während er mit der rechten Hand die Musik schrieb, machte er mit der Linken beständig auf dem Tische die üblichen Zeichen zur Abwehr der schlimmen Folgen des „bösen Blicks".

Im folgenden Jahre 1821 schrieb Rossini für das Theater Torbidone in Rom die „opera semiseria", oder auch „semibuffa" genannt: „Matilda di Chabran" — aufgeführt zum Karneval des genannten Jahres. Auch diese Premiere entfesselte einen riesigen Skandal: zwischen den Verehrern und Gegnern des Werks kam es zu Thätlichkeiten, welche sich noch auf der Straße fortsetzten. Die drei ersten Vorstellungen wurden von Nicolo Paganini dirigiert, weil Rossini nach Neapel zurückkehren mußte, um die für Wien komponierte Oper „Zelmira" zu leiten.

Diese letztere Oper wurde am 16. Februar 1822 zum erstenmale auf dem San Carlo=Theater mit dem glänzendsten Erfolge gegeben. Besonderen Beifall ernteten im ersten

4

Akt die zarte und rührende Romanze des verfolgten Poly=
dor, ein Terzett zwischen Zelmira, Emma und Polydor,
ein Duett zwischen Zelmira und Illo, ein reizendes Duett
zwischen Zelmira und Emma und das Adagio vor der
Stretta des Finales des ersten Akts, im zweiten das leiden=
schaftlich und kunstvoll gearbeitete Duett zwischen Polydor
und Illo, das große Quintett und das Schlußrondo. Wie
in Neapel, so kannte auch in Wien bald darauf die Be=
geisterung des Publikums keine Grenzen; Rossini wurde nach
jedem Aktschluß gerufen und wie er, so wurden auch die
Mitwirkenden mit Lob überschüttet.

---

4. Vermählung mit Isabella Colbrand.

Reise nach Wien und Huldigungen daselbst. — In Verona und
Venedig. — „Semiramis". — In London. — In Paris. — Direktor
der italienischen Oper in Paris. — „Il Viaggio di Reims". —
Opernumarbeitungen. — „Graf Ory".

(1822—1828.)

Man kann sich denken, daß der von aller Welt gefeierte,
berühmte, dabei junge, stattliche und liebenswürdige Meister
auch von den Damen verhätschelt wurde; und obschon er
zahlreiche Verhältnisse hatte, verstand es doch niemand, der=
art sein Herz zu fesseln, wie die Primadonna Barbajas, für
welche er alle seine hochdramatischen Rollen schrieb, die feu=
rige Spanierin Isabella Colbrand. Sie wurde am
2. Februar 1785 zu Madrid, als die Tochter eines Musi=
kers der dortigen königlichen Kapelle, geboren — sie war also
um sieben Jahre älter als Rossini. Schon frühzeitig zeigte
sich ihr hervorragendes musikalisches Talent. Sie war ein
Wunderkind im guten Sinne des Wortes und bereits mit
sechs Jahren gab sie Proben ihres gesanglichen Könnens.
Ihre Lehrer waren Marinelli und Crescentini. Vom Jahre
1806 bis 1815 sang sie als Primadonna auf den ersten

Bühnen Spaniens und Italiens und durch ihren herrlichen
Kontra=Alt erzielte sie überall glänzende Erfolge. Als sie
im Jahre 1815 als erste dramatische Sängerin an das San
Carlo=Theater in Neapel engagiert wurde, stand sie nicht
mehr auf der Höhe ihrer Kunst; die Stimme war bereits
ermüdet und angegriffen, aber ihre vorzügliche altitalienische
Schule und ihre darstellerische Kunst stempelten sie dennoch
zu einer der größten Sängerinnen jener Zeit. Obschon sie
die Geliebte Barbajas war, trat sie doch bald in nähere
Beziehungen zu Rossini, welcher vom ersten Augenblick an
ihre Gunst gewann und der auch für sie bald in heftiger
Liebe entbrannte.

Alle Zeitgenossen stimmen darin überein, daß Isabella
Colbrand bildschön war. Nicht nur die Neapolitaner
huldigten ihr, sondern auch in Wien, Paris und London
erregte sie nicht so sehr durch ihre Kunst, als vielmehr durch
ihre Persönlichkeit die allgemeinste Aufmerksamkeit. Der Kritiker der Wiener „Allgemeinen Musikzeitung" sagt z. B. von
ihr — 18. Februar 1822 —: „Was wollen wir von der
Signora Colbrand sagen? Sie macht mit unseren Herzen,
was sie will, sie flößt ihnen jeden beliebigen Affekt ein —
wer könnte von ihr ohne Enthusiasmus reden? Wer würde
von ihrem Leben nicht hingerissen? Voltaire schrieb lange
Kommentare über die schönen Trauerspiele des Corneille;
er sagte aber: ‚Über die Trauerspiele des Racine wüßte ich
keinen anderen Kommentar zu machen, als unter jede Seite
die Worte: erhaben! bewunderungswürdig! unnach=
ahmlich!' Wir wollen uns der Signora Colbrand gegen=
über des nämlichen Lakonismus bedienen — und wir haben
damit alles gesagt!" — Was sie als Sängerin leistete, be=
kundet eine Kritik in demselben Blatte — vom 24. April
1822 —; über ihre „Zelmira" heißt es u. a.: „Sie besitzt
ein äußerst schmiegsames, durch eine gewisse Milde des
Klanges ausgezeichnetes Stimmorgan, das dem Anscheine
nach ohne alle Anstrengung bewegt wird, in den ganz hohen

Tönen aber bisweilen derselben zu bedürfen scheint. . .
Eine ganz eigentümliche Grazie liegt im Klange dieser schmel=
zenden Stimme, ein eigener Reiz verschönert ihre liebliche.
Kraft und ein besonderer Grad von schulgerechter, feiner
italienischer Bildung scheint jeden ihrer Töne vor einer un=
gemäßigten Kraft zu bewahren. Ja, man könnte sagen, daß
die zarte Weiblichkeit dieser Sängerin den Aufwallungen
einer feurigen Begeisterung zuweilen fast zu wenig freien
Lauf lasse. Der schöne, abgerundete Ton zeigt nirgends
eine harte Kontur, sondern schmiegt sich selbst in der Be=
rührung entfernter Intervalle noch mild an, indes leise
Rinsorzandos die zarten Schattierungen des Vortrags bilden
und ein anmutsvoller Hauch über jede Periode gegossen ist.
Die schöne, dem Theater günstige Körperbildung, vereinigt
mit einer edlen und doch sehr natürlichen Haltung, erhöhen
die Vorzüge dieser trefflichen Sängerin in vielem Betracht."

Nachdem die Herzen der beiden Künstler schon längst für
einander geschlagen, beschloß Roffini, die Geliebte zu heiraten.
Die Vermählung fand am 15. März 1822 in Bologna auf
dem Landgute der Sängerin statt. Anläßlich dieser Ver=
heiratung widmete ein Spaßvogel Roffini folgendes Distichon:

Eximia eximio est mulier sociarta marito:
Verturum eximium quis neget nide genus?

Diese eheliche Verbindung stellte den dreißigjährigen Ton=
setzer auch in materieller Beziehung sehr günstig, denn Isa=
bella Colbrand brachte ihm eine Rente von 20 000 Franken
jährlich als Mitgift zu.

Durch die Revolution, welche in Neapel ausgebrochen
war, hatte der Impresario Barbaja, der Gönner und Chef
Roffinis, große Verluste erlitten und überdies wurde seine
Spielhölle gesperrt — dem erfindungsreichen Manne blieb
daher nichts anderes übrig, als in einer anderen Stadt sein
Glück zu versuchen. Er pachtete deshalb Ende 1821 das
Kärntnerthor=Theater in Wien und beschloß, mit seiner ita=

lienischen Operngesellschaft dort zu gastieren. Das Rossinische
Ehepaar nahm gern seine Offerte nach Wien an, und der
Komponist unternahm deshalb am 24. März 1822 mit seiner
Frau die Reise nach der Stadt an der schönen blauen Donau.

Drei Monate verweilte Rossini in Wien, und dieser
Aufenthalt bildete eine Kette der rauschendsten Huldigungen,
welche dem Meister gezollt wurden. Da mehrere seiner Opern
schon früher wiederholt dort gegeben und mit dem lebhaftesten
Beifall aufgenommen worden waren, erfreute er sich von vorn=
herein einer ungeheuren Volkstümlichkeit. In Wien, wo Haydn
und Mozart gewirkt und Beethoven seine gewaltigen Werke
schuf und wo dieser Altmeister noch in frischer, schöpferischer
Kraft thätig war, vergaß man fast diese Heroen über den
italienischen Maëstro. Von seinen Opern, die er übrigens
nicht selbst dirigierte, wurden damals u. a. „Aschenbrödel",
„Elisabetta" und „Die diebische Elster" aufgeführt, und jede
Aufführung gestaltete sich zu einer beispiellosen Ovation für
den Komponisten. Den größten Triumph feierte er am
13. April mit seiner Oper „Zelmira", welche von der ita=
lienischen Gesellschaft zum erstenmale am Kärntnerthor=Theater
gegeben wurde. Die Menge saß bei der gespanntesten Er=
wartung „wie Heringe in der Tonne". Der Enthusiasmus
war unbeschreiblich — außer Nicolo Paganini ist wohl
überhaupt noch nie ein Tonkünstler vom Volke der Phäaken
so gefeiert worden wie Gioachino Rossini. Nur e i n e Probe
aus den zahlreichen überschwenglichen Kritiken sei hier
wiedergegeben. Die „Allgemeine Musikzeitung" schreibt in
ihrer Besprechung der „Zelmira" (4. Mai 1822) u. a.:
„Der Beifallssturm begann mit aller Macht von allen
Seiten, und zwar zeichneten sich die beredsam klatschenden
Hände durch gar keine Verschiedenheit des Dialekts aus,
denn alle gehörten Menschen an, welche mit freier Empfäng=
lichkeit für alles Schöne ausgerüstet und durch keine geo=
graphische Linie oder Farbe in ihren freien Äußerungen ge=
hemmt waren. Denn im Gebiete des Schönen, in

der Kunſt, giebt es kein Vaterland! Und ſollte wirklich der Fall geweſen ſein, daß wir Deutſche früher bisweilen einigem äſthetiſchen Verdruſſe Raum gaben, weil wir
uns, das deutſche Publikum, um Roſſinis italieniſche Partituren mehr bekümmerten, als der italieniſche Tonſetzer um
unſeren Geſchmack, weil ferner ſeine Werke die ſüdliche Glut
aushauchten, in der ſie geboren, weil ferner der zum Schaffen
angeregte Geiſt alles dies in begeiſterter Eile hervorzubringen
und ſich keinen Moment ruhiger Beſchauung zu gönnen
ſchien, ſo hat doch auch dieſer an ſchönen Tranſitionen ſo
reiche italieniſche Tonſetzer hier die ſchönſten Tranſitionen
ſeines Lebens gemacht, indem er zur höheren dramatiſchen
Muſik übergeht und den ſtrengen Forderungen des deutſchen
— nein, es giebt kein Vaterland! — des guten Geſchmackes
weit mehr nachzukommen ſtrebte. Leugnet man etwa, daß
die Kunſt kein Vaterland, keinen ihr eigenen Grund und
Boden habe? Gedeihen nicht ſogar indiſche Palmen in un-
ſerem durch die Kunſt exaltierten Klima der Treibhäuſer?
Welcher Deutſche kann ſich aber wohl darüber ärgern, daß
Roſſini durch eine Art Zauberſpruch ſeine Gewalt über die
Gemüter ſo weit ausgedehnt und glücklich im Beſitze des
Beifalls der Welt ſich ſo verſchanzt hat, daß kein Pfeil durch
ſeine ans lauter Partituren gebauten, mit Cirkumwallations-
linien verſehenen Bollwerke und Wälle bringt? Welcher
Deutſche kann ſich darüber ärgern, da ein augenſcheinlicher
Beweis darin liegt, daß es ihm nun auch freiſtehe, dasſelbe
zu thun, wenn er es nur mit derſelben Kraft beginnen
wolle! Gott gebe, daß viele deutſche Tonſetzer erſt Kinder
werden, d. h. im Herzen, und mehr zur Natur wieder zurückkehren, damit der elende Wahn ausgerottet wird, als ob
eine ſchöne, fließende, auf eine natürliche, alſo nicht künſt-
lich geſuchte Harmonie gebaute Melodie kein Objekt ſchöner
Kunſt ſei, als ob man jede Melodie ſo recht überall mit
Harmonie ſpicken müſſe — wie einen Haſenrücken.“

Als zweite italieniſche Oper wurde in Wien Roſſinis

„Matilda di Chabran" gegeben. Roſſini hatte manche Ver=
änderungen mit der Partitur vorgenommen und einige neue,
dem deutſchen Geſchmack angemeſſenere, Nummern eingelegt.
Zum Benefiz des Meiſters wurde „Ricciardo e Zoraide"
aufgeführt; am Abend nach dieſer Vorſtellung ereignete ſich
folgender Vorfall. Der Komponiſt hatte, um ſich den bei
dieſer Vorſtellung beſchäftigten Mitgliedern der Geſellſchaft
dankbar zu erweiſen und zugleich das Namensfeſt ſeiner
Gattin zu feiern, ſie ſämtlich zu einem Souper einladen,
bei welchem es begreiflicherweiſe ſehr hoch herging, bis die
Aufmerkſamkeit der Geſellſchaft auf ein immer mehr zuneh=
mendes Geräuſch auf der Straße gelenkt wurde. In der
That hatte ſich vor dem Hauſe Roſſinis eine große Volks=
menge, meiſt aus den Landsleuten des Meiſters beſtehend,
geſammelt, um auf das muſikaliſche Ständchen zu warten,
welches angeblich ihrem Lieblinge von vielen Wiener Ton=
künſtlern gebracht werden ſollte. Roſſini merkte bald, daß
ſeine Landsleute durch ein zufällig oder abſichtlich ausge=
ſtreutes Gerücht getäuſcht worden waren und ſchlug in ſeiner
Frohlaune ſeinen Gäſten vor, die Fenſter zu öffnen und
dem Straßenpublikum für ſeine Anhänglichkeit ſelbſt etwas
zum beſten zu geben. Das Pianoforte wurde geöffnet und
Roſſini accompagnierte ſeiner Iſabella eine Scene aus
„Elisabetta". Freudengeſchrei erhob ſich auf der Straße:
„viva! viva! sia benedetto! ancora! ancora!" David
und Fräulein Eckerlin — zwei Mitglieder der italieniſchen
Oper — ſangen darauf ein Duett, und das „ancora!" er=
neuerte ſich. Der Sänger Nozzari ließ darauf ſeine Ein=
trittsſcene aus „Zelmira" ertönen — das Entzücken der
Menge kennt keine Grenze. Die Begeiſterung ſteigt aber
auf ihren höchſten Gipfelpunkt, als endlich Frau Roſſini=
Colbrand mit ihrem berühmten Gatten das ſchmelzende
Duett aus „Armida" vorträgt. Die ganze Straße iſt mit
Menſchen überſät und jauchzend ſteigt der Ruf: „fora, fora!
il maestro!" wie ein Chor von tauſend Trompeten herauf.

Rossini tritt, sich freundlich nach allen Seiten verneigend, ans offene Fenster; ihm schallt der stürmische Ruf der Menge: „viva! viva! cantare! cantare!" entgegen. Da trillert ihnen der gutmütige Meister in seiner allerliebsten Manier: „Figaro hier, Figaro dort!" seines „Barbier" und denkt damit das Publikum zufriedengestellt zu haben. Aber er hatte die Rechnung ohne den Wirt gemacht: die Herren Italiener wollten das Freikonzert bis zum anderen Morgen verlängern — obschon die Gäste Rossinis bereits ermüdet waren. Um die Menge abzuschrecken, hebt man die Tafel auf, löscht die Lichter aus und zieht sich in die inneren Gemächer zurück. Das vielköpfige Ungeheuer will sich jedoch damit nicht zufrieden geben. Anfänglich tritt jene gefährliche Stille ein, welche das Nahen des Sturmes verkündet, als aber die ägyptische Finsternis auf den völligen Rückzug Rossinis und seiner Gesellschaft hindeutet, entsteht ein dumpfes, unwilliges Gemurmel, welches sich allmählich zu einem furchtbaren Crescendo erhebt, denen nicht unähnlich, welche der Meister selbst in seinen Werken so häufig anbringt. Zuletzt wurde geschimpft, gelärmt, getobt und ohne Zweifel würden die Fenster den Wirkungen des allgemeinen Mißvergnügens nicht haben widerstehen können, wenn schließlich nicht die Polizei eingeschritten und dem groben Unfug ein Ende gemacht hätte.

Da Rossini nicht allein ein großer Komponist, sondern auch ein sehr liebenswürdiger Mensch und ein gar witziger, schlagfertiger Kopf war, verdrehte er allen Wienern die Köpfe. In Wien verkehrte er am liebsten mit der Sängerin Fodor-Mainville, welche an der Ecke der Kärntner- und Walfischgasse wohnte. 10 Uhr morgens pflegte er schon dort zu sein, angethan mit seinem weiten, semmelfarbenen Rock, am Piano sitzend und präludierend, wohl auch dazu mit seiner wundervollen Stimme singend. Er wünschte einmal auch den von ihm vergötterten großen Beethoven zu besuchen und ihm seine Hochachtung und Bewunderung auszusprechen.

Über die Beziehungen zwischen den beiden Tonheroen herrscht noch nicht völlige Klarheit. Von der einen Seite wird behauptet, Beethoven habe Rossinis Besuch, der sich ihm zweimal näherte, nicht annehmen wollen, während von der anderen erzählt wird, Josef Carpani, der intime Freund Haydns, habe ihn bei Beethoven eingeführt. Der italienische Künstler habe den gewaltigen Meister der Töne in einem beschränkten und schmutzigen Quartiere gefunden und da derselbe bereits damals ganz taub und auch in seiner Sehkraft geschwächt gewesen sei, einen tieftraurigen Eindruck mitgenommen. Schindler, der fast beständige Gefährte Beethovens und sein Biograph, versichert aufs bestimmteste, daß Meister Ludwig es abgelehnt habe, Rossini zu empfangen, obschon der Musikalienhändler Domenico Artaria zweimal anfragen ließ, ob er mit dem Maëstro kommen dürfe. Diese Ansicht machte auch Schumann zu der seinigen, denn er sagt in seinem Aufsatz „Rossinis Besuch bei Beethoven" (Schriften I, S. 149. Univ.=Bibl. 2472/73): „Der Schmetterling flog dem Adler in den Weg, dieser wich aber aus, um ihn nicht zu zerdrücken mit dem Flügelschlag." Richard Wagner ist der Ansicht, daß Beethoven den welschen Maëstro wohl empfangen, dessen Besuch aber nicht erwidert habe. Er sagt bekanntlich in seinem Werke „Oper und Drama" einmal: „Sie — die eigentliche Geschichte der Oper — war zu Ende, als der von Europa vergötterte, im üppigsten Schoße des Luxus dahinlächelnde Rossini es für geziemend hielt, dem weltscheuen, bei sich versteckten, mürrischen, für halb närrisch erklärten Beethoven einen — Ehrenbesuch abzustatten, den dieser — nicht erwiderte." Der italienische Biograph Rossinis, Azevedo, versichert hingegen in seinem 1864, noch bei Lebzeiten des Komponisten, erschienenen Buche, daß Rossini bald nach seiner Ankunft in Wien den großen Genius besuchte. Ist der Verfasser der „Spiegelbilder der Erinnerungen" im „Salon" vom Jahre 1869 gut unterrichtet, so

steht es fest, daß Rossini in der That Beethoven seine Visite
gemacht; denn nach diesem Gewährsmann soll der Maëstro
wörtlich gesagt haben: „Wissen Sie, daß ich noch den großen
Beethoven persönlich kennen lernte? Aber leider konnte ich
mich nicht mit ihm verständigen, denn erstens war er taub,
zweitens verstand er nicht italienisch." Nicht minder behauptet Eduard Hanslick in seinem 1870 erschienenen
Werke „Aus dem Konzertsaal" positiv, daß dieser Besuch statt-
gefunden habe. Er erzählt dort u. a.: Der Maëstro holte —
als Hanslick 1864 bei einem längeren Aufenthalt in Paris
Rossini besuchte — aus seinem Erinnerungsschatze folgendes
hervor: „Ich erinnere mich sehr genau an Beethoven, ob-
wohl es bald ein halbes Jahrhundert her ist. Bei meinem
Aufenthalt in Wien habe ich mich beeilt, ihn aufzusuchen."
Darauf fragte Hanslick: „Und er hat Sie nicht vorgelassen,
wie Schindler und andere Biographen versichern?" „Im
Gegenteil," korrigierte ihn Rossini, „ich ließ mich durch
Carpani, den italienischen Dichter, mit dem ich zuvor auch
Salieri besucht, bei Beethoven einführen, und dieser empfing
mich sofort und sehr artig. Freilich währte der Besuch nicht
lange, denn die Konversation mit Beethoven war sehr peinlich. Er hörte an dem Tage besonders schlecht und verstand mich nicht trotz des lautesten Sprechens: obendrein
mag seine geringe Übung im Italienischen ihm das Gespräch
noch erschwert haben." Diesem Interview fügt Hanslick
noch die Bemerkung hinzu: „Ich bekenne, daß diese Mitteilung Rossinis, deren Treue durch mancherlei Details noch
zweifelloser hervortrat, mich wie ein unerwartetes Geschenk
erfreute. Stets hatte mich dieser Zug in Beethovens Bio-
graphie verdrossen und die musikalische Jakobinerpartei dazu,
welche die brutale germanische Tugend, einen Rossini von
der Schwelle zu entfernen, verherrlicht. Also die ganze
Geschichte nicht wahr!" Diesen Standpunkt teilt auch der
geistvolle Musikschriftsteller Dr. Alfred Chr. Kalischer, der
in einer Serie von Artikeln: „Beethoven und Rossini"

(Siehe die treffliche „Neue Berliner Musikzeitung" von Dr. Richard Stern, 1892, Nr. 3—7) neuerdings das Ver=hältnis zwischen den beiden Tonheroen gründlich untersucht und beleuchtet hat. Er verweist u. a. auf die Konversations=hefte aus dem Jahre 1822; in einem derselben (Sommer, Nr. 126, 25 Bl.) schreibt der Neffe oder Bruder des großen Meisters Ludwig: „Rossini ist mir soeben begegnet und hat mich sehr freundlich gegrüßt; er wünscht dich sehr gern zu sprechen; wenn er gewußt hätte, daß du da wärest, so wäre er gleich hierher gekommen." Diese Bemerkung spricht positiv für die persönliche Begegnung beider. Bemerkens=wert ist, daß noch 1824, also zwei Jahre nach Rossinis Auf=enthalt in Wien, in einem der großen Akademiekonzerte Beethovens mitten unter missa solemnis und neunter Symphonie eine Arie von Rossini zum Vortrag gelangte. In seinen späteren Lebensjahren wurde Beethoven gegen Rossini immer verbitterter. Er nennt ihn einmal einen „Wicht von Rossini", der von „keinem wahren Meister der Kunst geach't" werde. Jedenfalls war Rossini ein glühender Verehrer Beethovens. Besondere Bewunderung hegte er für die großen Symphoniesätze des Königs der Tonkünstler. Von dem herrlichen Andante in A moll in Beethovens sechster Symphonie, welches er in einem Konzerte des Flötenspielers Drouet in Wien hörte, war er ganz hinge=rissen; ebenso von den Quartetten Beethovens, die er durch das Mahseder'sche Quartett gehört habe. Einen bezeichnen=den Ausspruch Beethovens über Rossini hat der Musiker Karl Gottlieb Freudenberg in seiner Schrift „Aus dem Leben eines alten Organisten", herausgegeben von Dr. Viol (1869), uns überliefert. Der Verfasser berichtet über eine Reise zu Beethoven 1825 in folgender Weise: „Den Gegen=stand unseres Gesprächs bildete natürlich die musikalische Kunst und ihre Jünger. Den damals vergötterten Rossini, glaubte ich, würde Beethoven verspotten. Mit nichten! er räumte ein, Rossini sei ein talent= und melodienvoller

Komponist, seine Musik passe für den frivolen, sinnlichen
Zeitgeist und seine Produktivität brauche zur Komposition
einer Oper so viel Wochen wie die Deutschen Jahre."

Im Juli 1822 fand der Schluß der Saison der italienischen
Stagione statt. Die Abschiedsvorstellung gestaltete sich wieder
für Rossini zu einer gewaltigen Huldigung. Nach dem Be=
richt der „Allgemeinen Musikzeitung" ging es dabei ganz
italienisch her: „Als ob die ganze Versammlung von der
Tarantel gestochen wäre, glich die ganze Vorstellung einer
Vergötterung. Das Lärmen, Jubeln, Jauchzen, Viva= und
Fora=Brüllen nahm gar kein Ende."

Rossini war eben der Sänger der Restauration, welche
sich amüsieren und genießen wollte. Die tiefsinnige, gött=
liche Musik Beethovens war ihr zu ernst, zu gedankentief:
ihr behagte die Lust, der Sinnenreiz, die Genußsucht, welche
sich in den Melodien des italienischen Maestro ausdrückte.
Treffend sagt einmal A. B. Marx in seinem Werk über
Beethoven betreffs jener Epoche: „Überall machte sich das
Bedürfnis des Ausruhens und Genießens, für die Reichen
und Bevorrechteten des Schwelgens im süßen Halbvergessen
und Halbträumen geltend. Die Sehnen des Geistes und
Charakters entstrickten sich, Zerstreuung und Sinnenspiel
fanden ihre günstigste Stunde. Was sollte da Beethoven?
Der Mann tiefer Gedanken, der Seher, der aus der Nacht
seines Leids niemals das Auge vom ewigen Licht des Ideals
abwandte, konnte er der Sänger dieser neuen Zeit, dieser
Zeit des aufgefärbten Ewig=Alten sein? Rossini ward es.
In ihm fand diese leichtfertige Zeit des Sinnenkitzels ihren
höchsten musikalischen Ausdruck. Rossini, der Held des alten
Welschtums, nicht des heutigen ermannten Italiens, zog mit
seiner Schar welscher Sangvirtuosen — unter ihnen die
deutsche Henriette Sontag und die Ungher — daher, alle
für Bühnenstücke, wie ‚die Gesellschaft' und die erschlafften
Gemüter sie brauchen konnten, gar trefflich zugerichtet und
mit allen Künsten der Koketterie und Sinnenfreude klüglichst

ausgerüstet. So kam Rossini nach Deutschland; zuerst zu den lebens- und genußsüchtigen Wienern. Zu solcher Musik hatte man das reichbegabte Volk seit lange zu erziehen gewußt; denn allerdings ist solche Musik ein treffliches Mittel, die Spannkraft der Geister zu lösen. Und die Wiener konnten dem Zug der Zeit und dem Bedürfnis nach Erholung nicht widerstehen. Sie wollten sich einmal wieder wohl sein lassen nach alter Art, ihre Nerven beruhigen, ihren Geist entspannen; es war Menschenart, kaum vermeidlich. Rossini ward ihr Abgott, Beethoven wurde verlassen, vergessen. Es geschah jedem sein Recht."

Nach dem Schluß der Saison in Wien suchte deren Held in Bologna im Schoße seiner Familie Ruhe und Erholung, er erhielt aber bald darauf eine schmeichelhafte Einladung des damals allmächtigen Fürsten Metternich nach Verona. Dort tagte der berüchtigte Kongreß, und der Fürst schrieb, man sei eben beschäftigt, die Harmonie wiederherzustellen und dabei dürfe deren Meister am wenigsten fehlen. Der in seiner Eitelkeit geschmeichelte Komponist, welchen übrigens stets die Großen der Erde auszeichneten, konnte diesem verführerischen Lockruf nicht widerstehen. Fürst Metternich und der Herzog von Wellington zeichneten ihn sehr aus und er sang auch mit großem Erfolg in deren Salons. Seine Opern wurden in Verona fleißig gegeben; auch verfaßte er eine Kantate zu Ehren der versammelten Monarchen, welche im Philharmonischen Theater zu Verona aufgeführt wurde — aber sie gefiel nicht, wahrscheinlich aus dem Grunde, weil er die Pastoralkantate „Il vero omaggio" (Die wahre Huldigung) sehr flüchtig gearbeitet hatte. Von Verona ging er nach Venedig, wo er für den Karneval 1823 bei dem Phönixtheater angestellt war. Für die Summe von 26 000 Franken verpflichtete er sich, seinen „Maometto" mit einigen gewünschten Änderungen in Scene zu setzen und eine neue Oper „Semiramide" zu schreiben. Doch fiel der „Maometto" gründlich durch und auch die tragische

Oper, melodramma tragico in zwei Akten: „Semiramide",
welche am 23. Februar 1823 zum erstenmale gegeben wurde,
erzielte nur einen sogenannten „Achtungserfolg". Das
Publikum fühlte sich eben enttäuscht. Statt der frischen,
lieblichen Melodien der „Zelmira" wurden ihm nur tote
Blumen, verbrauchte Gesangsphrasen und „Virtuosenschnör-
kel" und dabei eine gedehnte Behandlung der einzelnen
Nummern geboten. Otto Gumprecht nennt derartige Opern
treffend „dramatisch kostümierte Vokalkonzerte", in welchen
man unter wechselnden Masken immer denselben Gesangs-
typen begegnet. Bei all ihren Schwächen hat übrigens
„Semiramis" auch mehrere Glanznummern. Großartig und
dramatisch wirksam ist das Finale des ersten Aktes, worin
Semiramis die Völker und Fürsten schwören läßt, ihr zu
gehorchen und Arsakes als König und ihren Gatten anzuerkennen. Ebenso wirksam ist die erste Scene des zweiten
Aktes. In Deutschland haben in der Titelrolle Sabine
Heinefetter und Henriette Sontag, erstere auf der König-
städtischen Bühne und letztere am königlichen Opernhause in
Berlin, geglänzt und stets durchschlagende Erfolge erzielt.

Noch in Venedig hatte Rossini den Auftrag erhalten,
für die italienische Bühne in London eine Oper zu schreiben.
Leichten Herzens verließ er sein Vaterland, das ihn nicht
nach Gebühr anzuerkennen schien, und begab sich nach
London, dem gesegneten Lande aller damaligen Komponisten;
und er hatte den Londoner Aufenthalt nicht zu bereuen,
denn er soll ihm, wie wir sehen werden, ein Vermögen
eingetragen haben. Auf der Hinreise hielt sich der Komponist einige Zeit in Paris auf. Die Huldigungen, deren
er dort teilhaftig wurde, grenzen schon an Vergötterung.
Am 10. November 1823 kam er mit seiner Gattin in Paris
an und wohnte zuerst inkognito einer Aufführung seines
„Tankred" in der italienischen Oper bei — doch währte
dieses Inkognito nicht lange. Schon zwei Tage darauf, am
12. November, stand bei der Vorstellung des „Barbier von

Sevilla", welche zum besten des Sängers Garcia stattfand,
auf dem Theaterzettel, daß der berühmte Maëstro der Aufführung beiwohnen werde. Es hat wohl noch nie eine
wirksamere Reklame gegeben: das Theater war zum Er-
brücken voll und viele Hunderte konnten keine Plätze mehr
bekommen. Bei seinem Anblick brach ein orkanartiger Beifall los; nach dem Finale des ersten Aktes mußte er auf
der Bühne, in Gesellschaft Garcias und des Kapellmeisters
Grasset, erscheinen. Er hielt eine kurze, gerührte Ansprache,
worin er dem Publikum für dessen Aufmerksamkeit innig
dankte. Nach der Beendigung der Vorstellung brachten ihm
die Mitglieder der opera buffa eine Serenade.

Wie Rossini in Wien Salieri und Beethoven aufgesucht,
so machte er auch in Paris seinen berühmten Kollegen
seine Aufwartung; so sprach er z. B. bei den Komponisten
Cherubini und Reicha, dem vorzüglichen Theoretiker, vor.
Rossini war der Löwe der Saison; die vornehmsten Kreise
buhlten um seine Freundschaft und der „Schwan von Pesaro"
war in Aller Munde. Es ist bezeichnend für seine Verehrung Mozarts, daß auf dem Bankett, welches die Pariser
Tonkünstler ihm zu Ehren veranstalteten, er Mozart hochleben ließ — was bei den Chauvinisten, welche nur französische und italienische Komponisten anerkennen wollten,
böses Blut machte. Bei seinem Eintritt ertönte die Ouvertüre der „diebischen Elster" und bei Tische saß er zwischen
der Sängerin Signora Pasta und der berühmten Schau-
spielerin Fräulein Mars. Die königliche Akademie der schönen
Künste ernannte ihn, zugleich mit Thorwaldsen, zu ihrem
auswärtigen korrespondierenden Mitgliede. Der Enthusiasmus der Rossini-Fanatiker ging so weit, daß sie keinen
anderen Komponisten neben dem italienischen Maëstro gelten
lassen wollten. „Rossini und abermals Rossini, das ist das
Feldgeschrei aller derjenigen Leute, welche nel cuor non più
mi sento zur Guitarre singen können," berichtet der Pariser
Korrespondent der Leipziger „Allgem. Musikzeitung" von 1820,

Die rauschende Anerkennung, welche ihm allerorten zu teil wurde, that ihm sehr wohl und so wurde in ihm der feste Entschluß rege, später seinen dauernden Aufenthalt in der französischen Hauptstadt zu nehmen. Der italienische Biograph Rossinis erzählt, daß der Minister Lauriston, welcher ihn an Frankreich fesseln wollte, ihm schon damals die Stellung als Direktor der italienischen Oper in Paris angeboten habe, doch habe der Künstler dieses Angebot zurückgewiesen, weil er Paër nicht um sein Brot bringen wollte, obschon dieser alles aufbot, gegen jenen nach Kräften zu intriguieren.

Ende Dezember 1823 langte Rossini in London an, wo er ebenfalls in überaus lebhafter Weise gefeiert wurde. Er wurde vom König Georg IV. von England empfangen und frühstückte allein mit ihm. Mehrere reiche Lords gaben zu seiner Ehre glänzende Banketts, wobei er eine Arie aus seinem „Otello" unter dem jubelnden Beifall der Festteilnehmer vortrug. Keine vornehme Soiree war ohne ihn denkbar. Wie er Ehren einheimste, so sammelte er auch Geld in Hülle und Fülle. Er und seine Frau erhielten von dem Direktor der Großen Oper in London 2500 Pfund Sterling (62 000 Franken) für drei Monate. Die englische Aristokratie machte ihm überdies nach vielen tausend Pfunden gehende Geschenke, und so kann man sich nicht darüber wundern, daß er, obschon die Große Oper schließlich bankerott machte, ungeheure Summen einheimste. Man sprach davon, daß er 175 000 Franken nach Hause gebracht haben soll, als er nach einem Aufenthalt von drei Vierteljahren über den Kanal zurückkehrte. Wenn er mit der Herzogin von Kent musizierte, pflegte der König von England nicht zu fehlen, und der Umstand, daß der gekrönte Dilettant mit ihm selbst Duette sang, gab den Stoff zu einer damals sehr verbreiteten Karikatur.

Um jene Zeit befand sich der allezeit zu allem Schabernack und zu allen Scherzen aufgelegte Meister in einer be-

sonders übermütigen Stimmung. Dieser Künstler sah keines=
wegs wie ein blasser italienischer Geigenspieler, vielmehr
wie ein wohlbehäbiger englischer Roastbeefesser aus. Frei
von jeder Kriecherei und Servilität, begegnete er auch den
Höflingen mit großem Freimut und stieß dadurch zuweilen
an. Er soll sich einige Taktlosigkeiten bei Hofe haben zu
schulden kommen lassen, und zwar soll er, vor dem Könige
singend, eine — Kastratenstimme nachgeahmt haben. Doch
ist diese Version keineswegs zuverlässig. Rossini war alle=
zeit ein feingebildeter und taktvoller Mann und ist nicht
anzunehmen, daß er einen Anstands= oder Etikettenfehler
begangen habe.

Die Opernstagione wurde am 24. Januar 1824 mit der
„Zelmira" eröffnet, aber die Oper gefiel nicht, ebensowenig
wie der Gesang seiner Gattin, wenn man auch ihre weib=
lichen Vorzüge, die edle Gestalt, die schwarzen Augen, das
spanische Gesicht, das imposante Spiel, die „erhabene, aber
geschwächte" Stimme willig anerkannte. Mehr mundete
den Habitués schon der „Barbier von Sevilla". Seine
Gönner veranstalteten für ihn noch zwei Subskriptions=
konzerte, zu welchen die Einlaßkarte drei Pfund kostete.
Diese beiden Konzerte allein trugen ihm 40 000 Franken ein.

Durch Vermittelung des Fürsten Polignac, des da=
maligen französischen Gesandten in London, gelang es end=
lich der französischen Regierung, Rossini für Paris zu ge=
winnen. 1824 wurde er zum Direktor der auf Rechnung
der königlichen Civilliste verwalteten italienischen Oper in
Paris ernannt. Sein Gehalt wurde jährlich auf 20 000
Franken festgesetzt. Während die französischen Kollegen beim
am 30. Juli nach Paris Zurückgekehrten freundschaftlich be=
gegneten und Boieldieu, Auber, Herold und auch Cherubini
ihm das weitgehendste Vertrauen entgegenbrachten, setzte eine
Clique, an deren Spitze der bereits genannte Paër stand,
alle Hebel in Bewegung, um ihm Feinde zu verschaffen.
Aber alle diese Coulissenintriguen verfingen nicht, und die

Volkstümlichkeit des Maëstro wuchs von Jahr zu Jahr.
Seine Schöpfungen nützten freilich der italienischen Oper
mehr als seine Leitung. Fétis wirft ihm nicht ohne Grund
vor, daß er durch seine Trägheit und Sorglosigkeit die seiner
Obhut anvertraute Kunstanstalt an den Rand des Verder-
bens gebracht habe. Schon der Umstand, daß er bloß anderthalb Jahre an der Spitze des Instituts stand, beweist, daß
Fétis recht hat. Doch gebührt ihm das Verdienst, daß er,
keinen Neid kennend, allen namhaften Komponisten bereit-
willig die Pforten der Großen Oper öffnete. Er war es
z. B., der durch die Aufführung des „Crociato" von Giacomo Meyerbeer die für beide Teile so segensreiche Bekanntschaft mit der Pariser Bühne vermittelte. Da übrigens
das freundschaftliche Verhältnis zwischen den beiden Ton-
dichtern oft bezweifelt wird und allerlei thörichte Klatsch-
geschichten über die Maëstri im Schwange sind, mag hier
nur ein von Rossini im Jahre 1860 geschriebener Brief an
den Pariser Musikalienverleger Heinrich Schlesinger mitgeteilt werden:

„Teuerster Signor Heinrich!

Ich halte mich für verpflichtet, Ihnen auf Ihr höchst
liebenswürdiges Schreiben vom 16. d. sofort Antwort zu
erteilen und Ihnen zugleich tausend Dank für das kostbare
Geschenk zu sagen, welches Sie mir mit dem Porträt Mozarts
gemacht haben. Wohl erinnert dieses Bild an den musikalischen Titan, dessen Genie und Wissen in gleichem Maße
groß! Das Geschenk ist um so teurer, als das Bild (Mozart
in einem reiferen Alter darstellend) vollkommen einem mir
von meinem berühmten und lieben Freund Meyerbeer zum Geschenk gemachten Medaillon ähnlich sieht. Meine
Dankbarkeit gegen Sie gleicht der Bewunderung, welche ich
jederzeit für den größten deutschen Komponisten hege. Wärm-
ster Dankbarkeit voll, gebe ich mir die Ehre, mich zu nennen

Ihr gehorsamster und ergebenster Diener

Gioachino Rossini."

Nach längerer Pause wurde 1825 eine neue Oper von ihm, betitelt: „Il Viaggio di Reims, ossia l'albergo del giglio d'oro", ein zur Krönung König Karl X. geschrie= benes Gelegenheitswerk, gegeben, doch hatte dieselbe nur einen mittelmäßigen Erfolg. Sie war ein Quoblibet von Musik. Der Kritiker der Leipziger „Allgemeinen Musik= zeitung" spricht sich darüber in scharfen Worten aus, indem er das Mischmasch der Melodien aus „God save the king", „Gott erhalte Franz den Kaiser", „La belle Gabrielle", „Vive Henri quatre", dem Tirolerlied u. s. w. tadelt. Er schließt seinen Bericht mit den Worten: „Man möchte bei= nahe glauben, Rossini schreibe, statt den Schluß zu seinen Sätzen zu komponieren, um Zeit und Papier zu sparen, seinen Komponisten an gewissen Stellen bloß hin: siehe den ‚Tankred', den ‚Otello' u. s. w."

Wie schon erwähnt, trat Rossini nach kaum anderthalb Jahren von der Leitung der Großen Oper zurück, doch be= zog er als „premier compositeur du roi et inspecteur général du chant en France" sein Jahresgehalt von 20 000 Franken weiter — ohne dafür etwas zu thun zu haben. Er selbst, welcher die Selbstpersiflage so sehr liebte, pflegte sich zuweilen über seine Sinekure lustig zu machen. So blieb er z. B. manchmal lauschend stehen, wenn auf dem Boulevard ein Straßentroubadour seine Stimme erhob oder aus einem geöffneten Fenster Gesang hinabtönte; seinen Freunden aber flüsterte er zu, sie möchten ihn nicht stören: der Inspecteur du chant sei in Thätigkeit, er sammle eben Material für seinen nächsten amtlichen Bericht.

War nun auch die amtliche Wirksamkeit Rossinis als Direktor der Großen Oper nicht von dem gehofften Erfolge gekrönt, so war doch das Leben in der französischen Metro= pole epochemachend für seine ganze künstlerische Lebens= und Weltanschauung. Treffend sagt einmal Otto Gumprecht: „Paris mit der Weite seines geistigen Horizonts, der Fülle künstlerischer Anregungen, vor allem seiner Großen Oper,

welche damals die Gluck’schen Traditionen noch treuer be=
wahrte als jetzt, übte auf Rossini einen ähnlichen Einfluß
wie einst auf Cherubini und Spontini. Eine nach der
anderen sanken vor seinem geistigen Auge die engen natio=
nalen Schranken, welche die italienische Gesangsbühne seit
jeher eingehegt. Wenn er bis dahin volles Genüge gefun=
den im freundlichen Tonspiel, wenn es lediglich seine Sorge
gewesen, bei den üppigen Gastmahlen, die er dem genuß=
süchtigen Ohr der dilettanti bereitet, in verschwenderischer
Fülle darzubieten, was der Stimme an verniger Kraft,
schwellendem Wohllaut und glatter Schmeichelei innewohnt,
so gesellte sich nun zur Schönheit der sinnlichen Erscheinung
als andere Seite die Macht und Bedeutsamkeit des Aus=
drucks. Was ihm ehedem als letzter Zweck gegolten, sollte
fortan als Mittel einer höheren künstlerischen Idee dienen,
mit einem Worte, die Oper erweiterte und vergeistigte sich
ihm zum musikalischen Drama.“

Das erste Ergebnis dieses inneren Läuterungsprozesses,
der den süßen Most der Töne in feurigen Wein verwan=
delte, war „Die Belagerung von Korinth“, die bereits er=
wähnte französische Bearbeitung seines „Maometto“. Sie
ging 1826 in Scene und errang einen großen Erfolg. Bis
jetzt hatte es Paër verstanden, die Rossinischen Opern von
der Großen Oper fernzuhalten — nunmehr war das Netz
der Intrigue zerrissen und der geniale italienische Maëstro
feierte Triumphe, als wäre er ein Vollblut=Franzose gewesen.
Den gleichen Beifall errang auch die Neubearbeitung des
„Moses“. Die Premiere ging im März 1827 in Scene
und entwaffnete die Gegner des Meisters vollends. Es
zeugt von der Vielseitigkeit und der Gediegenheit des Rossini=
schen musikalischen Genius, daß er die leichte, oberflächliche
Manier, welche so manche seiner Werke verunzierte, immer
mehr ablegte und mit künstlerischer Gewissenhaftigkeit be=
strebt war, den großen Heroen der französischen Musik gleich=
zukommen. Dem Bau der Melodie wendete er große Sorg=

f
alt zu und gestaltete auch die Instrumentation ausgiebiger.
In beiden Opern benutzte er bereits mit glänzendem Ge=
lingen den Stil der neueren französischen großen Oper.
In der „Belagerung von Korinth" stehen die Introduktion
und der ganze letzte Akt mit der berühmten Fahnenweihe
und dem Schlachtgesang der Griechen in schneidendem Gegen=
satze zu der großen Anzahl der Salonnummern, dürfen
indessen als Musikstücke von höchster Bedeutung bezeichnet
werden.

1828 wurde seine komische Oper: „Der Graf von Ory"
gegeben, welche freilich mehr eine Kompilation aus seinen
früheren Werken, namentlich „Il Viaggio di Reims", als
eine selbständige Schöpfung ist. Der allezeit bereite und
bewährte Textdichter Eugen Scribe, der glückliche Librettist
Meyerbeers, war auch der Verfasser dieses Textes.

Es konnte natürlich nicht fehlen, daß von seiten der
französischen Regierung Rossini mit Auszeichnungen über=
schüttet wurde. Er sollte den Orden der Ehrenlegion er=
halten; bereits kündigte ihn auch schon der offizielle „Moni=
teur" an, der bescheidene Komponist lehnte ihn jedoch mit
der Begründung ab, daß er diese Dekorierung erst durch
eine in jeder Beziehung neue Schöpfung sich verdienen wolle.
Neidlos schlug er statt seiner Herold vor. Nach der Voll=
endung des „Tell" erhielt er in der That den Orden der
Ehrenlegion, später wurde er Großoffizier und der König
Viktor Emanuel verlieh ihm die erste Klasse des neuge=
gründeten Ordens della corona d'Italia.

5. „Wilhelm Tell".
Abschluß der künstlerischen Thätigkeit Rossinis.

In Bologna. — In Frankfurt a. M. — Häusliche Miseren und
nervöse Erkrankung. — „Stabat mater" und andere Kompositionen. —
Wieder in Paris. — Sein Tod und Testament.

(1829—1868.)

Das selbständige Werk, welches Rossini schaffen wollte,
war der „Wilhelm Tell", welche unsterbliche Oper am
3. August 1829 zum erstenmale aufgeführt wurde und dem
Komponisten unvergänglichen Ruhm einbrachte. Zu denen,
welche dem lorbeergekrönten Tondichter am lautesten und
aufrichtigsten Glück wünschten, gehörte der edle, gemütvolle
Boieldieu. Die neue Richtung, welche der Meister in der
Neubearbeitung der „Belagerung von Korinth" und in „Moses
in Ägypten" verfolgte, hat er im „Tell" zur höchsten Stufe
der Vollendung erhoben. In dieser klassischen Oper findet
sich von den Manieren und Unarten, welche manche der
früheren Werke des Meisters kennzeichnen, wenig oder gar
nichts, dafür aber ungemeiner Formenreichtum, großartige
Anlage und sorgfältigste Durchbildung des Ganzen — kurz,
alle die glänzenden Eigenschaften, welche das Wesen der
großen französischen Oper ausmachten. Mit Rossinis „Tell",
sagt treffend August Wünsche, beginnt die Musik sich wieder
in Einklang zu setzen mit den neuen volkstümlichen Be=
strebungen. Sie beschränkt sich nicht auf die musikalischen
Schönheiten, welche bis dahin das Volk entzückt hatten,
sondern wagt sich an die großen Probleme, welche von je=
her die Menschen bewegt haben. Die Entwickelung Rossinis
geht ganz parallel mit dem gleichzeitigen Aufschwung des
politischen Lebens. In der Reaktionszeit von 1812—1820
war er nur bestrebt, ein Vertreter des Materialgeistes zu
sein. Die ersten Kämpfe aber um die Befreiung Italiens
hallen in seiner „Belagerung von Korinth" und im „Moses"
wieder, und im „Tell" gewann die seit den dreißiger Jahren

lebhaft für Italiens Einheit kämpfende Richtung einen ähn=
lichen Ausdruck, wie die französische Oper in der „Stummen
von Portici".

„Wilhelm Tell" wird den Meister für die Ewigkeit über=
dauern; Rossini gehört dadurch zu den Auserwähltesten aller
Zeiten. Es ist für den Schöpfer des „Tell" bezeichnend, daß
er das Werk unseres großen Nationaldichters Schiller zum
Vorwurf nahm — aber auch in musikalischer Beziehung
kann er die deutsche Einwirkung nicht verleugnen: Haydn,
Gluck und Mozart waren die Vorbilder, welche ihm vor=
schwebten. Natürlich ist der deutsche Einfluß ein begrenzter;
der Hauptanteil gebührt Italien und Frankreich: italienische
Formenanmut mit französischer Schärfe und Charakteristik
haben sich hier zu einem wohlthuenden Ganzen vereinigt.
Die deutsche Innerlichkeit verleiht der Oper eine ganz eigene
Weihe. Trefflich charakterisiert seinen „Tell" einer seiner
ältesten Kritiker, indem er u. a. sagt: Wenn hier durch die
bunte Mannigfaltigkeit geistreich individualisierender Details
unsere Theilnahme immer von neuem gereizt, gespannt,
überrascht wird, so haftet sie dort mit ungleich ruhigerem
Behagen an dem volleren Fluß, der durchsichtigen Klarheit,
der reineren Harmonie und naiveren Unmittelbarkeit des
Ganzen. In den Arbeiten von unvermischt italienischem
Charakter hatte Rossini die süßen melodischen Früchte nur
einzusammeln gebraucht, welche ihm seine Phantasie als
mühelose Ernte jederzeit darbot. Zu diesem Geschenk einer
gütigen Natur fügte der Komponist des „Tell" eine durch
die verschiedensten Eindrücke und Erfahrungen bewährte und
geläuterte Einsicht und, was die Hauptsache ist, die in einen
Punkt zusammengefaßte, auf ein bestimmt erkanntes Ziel
gerichtete Kraft des Willens. Er, der bis dahin seine Parti=
turen fast ohne Ausnahme in kaum glaublicher kurzer, aller=
lei anderen musikalischen Obliegenheiten wie den mannig=
fachsten Lebensgenüssen abgemüßigter Frist zu improvisieren
gepflegt, widmete seiner letzten dramatischen Schöpfung ein

volles halbes Jahr ländlicher Zurückgezogenheit. Still und
langsam wuchs und reifte sie in der Seele ihres Bildners.
Verschwunden sind bis auf einige Spuren die alte Leicht=
fertigkeit, der schablonenhafte Zuschnitt im ganzen und ein=
zelnen, das gleichgültige Nebeneinander von Wort und Ton;
bewahrt werden dagegen vom künstlerischen Erbteil der
italienischen Heimat die fließenden Wellenlinien der ebenso
weichen als sicher umschriebenen Formen, wie der Adel der
Stimmbehandlung. Statt der dürren Sandstrecken zwischen
den verschiedenen melodischen Oasen, auf die es ehedem allein
ankam, meist Recitative voll Schwung und Feuer. Echt
dramatische Accente, dem Herzen der jedesmaligen Situa=
tion entsprungen, sind an die Stelle der schmarotzerhaft
wuchernden Koloratur getreten. Nicht mehr äußerlich als
etwas von vornherein Fertiges erscheint die Musik dem Text
angeschlossen, aus der Handlung selbst sprießt und blüht sie
hervor. Die abstrakten Typen der Primadonna, des Tenors,
Baritons haben poetisches Leben und ideale Wahrheit ge=
wonnen. Wo bisher Sänger und Sängerinnen nur mit
ihrer Virtuosität prangten, vernehmen wir die kräftigen
Atemzüge wirklicher Leidenschaft.

Die früher so dürftig sickernde Harmonie ist zum mäch=
tigen Strom angeschwommen und das Orchester entfaltet
seinen ganzen Spielreichtum und Farbenglanz. Daß ihm
der Komponist eine hervorragende Rolle zugedacht, kündigt
gleich die Ouvertüre an. Durch das Tonkolorit der In=
strumentierung wird der Oper wahres und frisches Leben
eingehaucht. Überall weht uns Schweizerluft, der Hauch der
Freiheit entgegen. Auch die Chöre werden trefflich behan=
delt. Zu den hervorragendsten Nummern des „Tell" gehören
außer der erwähnten Ouvertüre das Allegro, Andante, das
Quartett, der unwillkürlich an Webers „Freischütz" gemah=
nende Jägerchor: „Auf, lasset die Hörner erschallen", das
Duett zwischen Tell und Arnold und das Finale des ersten,
sowie die Arie Mathildens und der Eingang des zweiten

Aktes, die großartige und zündende Rütli-Scene, die große Festscene vor Geßler und die Sturmscene am Vierwaldstätter See.

Dieses Meisterwerk, diese Krone der Rossinischen Musik, wurde merkwürdigerweise bei seiner ersten Aufführung am 3. August 1829 kühl aufgenommen. Weder das Libretto noch die Musik behagte dem Publikum — nur die Sänger und Musiker waren entzückt, und am 8. August veranstalteten ihm zu Ehren die Künstler der Großen Oper unter Habenecks Leitung eine prächtige Serenade.

„Wilhelm Tell" bezeichnet die Höhe, aber auch das Ende seines Schaffens. Siebenunddreißig Jahre alt, geistig und körperlich frisch, von der ganzen Welt verehrt und bewundert, schloß dieser außerordentliche Geist plötzlich seine glänzende Laufbahn, und fast vierzig Jahre hindurch war seine einst so beredte Muse beinahe ganz stumm.

Wir stehen hier vor einem psychologischen Rätsel, welches wohl erklärt, aber nicht begriffen werden kann. Zahlreich sind die Vermutungen, welche wegen des unbegreiflichen Verstummens Rossinis im Schwange sind. Die einen behaupten, daß die nachträgliche Verstümmelung des „Tell", dessen vier Akte man in drei zusammenzog, ihm die französische Bühne verleidet habe. Die anderen meinen, daß durch Meyerbeers „Robert der Teufel" in den Stimmen und Vortragsmanieren der großen Oper Verwüstungen angerichtet worden seien, wodurch das Instrument verdorben worden, welches der Komponist mit ebensoviel Umsicht als Mühe zur Wiedergabe seiner Bestrebungen geschickt gemacht. Nach einer dritten Version habe ihn die erwähnte Kälte, womit sein „Tell" bei der Premiere aufgenommen wurde, so verdrossen, daß er zu schweigen beschlossen — aber alle diese Motive sind wenig stichhaltig. Man kann nur annehmen, daß er deshalb die Feder hingelegt, weil er, reich geworden und von Ruhm übersättigt, der Überzeugung lebte, daß er für seine Unsterblichkeit genug gethan und nun sich ausruhen könne. Die eigenen

direkten und die von Fétis, Azevedo und anderen in seinem
Namen mitgeteilten Äußerungen bestätigen diese Hypothese.
So sagte er einmal zu einem besonders vertrauten Freunde,
als dieser ihn drängte, auf seinen Lorbeeren nicht auszuruhen
und mit einer neuen Oper hervorzutreten: „Die Liebe ist
die Hauptsache; sie allein schafft Meisterwerke. Unaufhörlich
redet man mir von dem Zauber des Ruhmes und den
Reizen der Arbeit vor. Der Ruhm ist eine Illusion und
die Arbeit eine Last. Nur die Jugend findet in dem Ruhm
einen Zauber und nur ihr wird die Arbeit leicht. Der
Mann aber, dessen Herz und Sinn durch das Alter abge=
kühlt sind, ist schon halbtot, denn er entbehrt die einzigen
wirklichen Genüsse, die es auf der Welt giebt. ‚Nessun
maggior dolore che ricordarsi del tempo felice nella
miseria,‘ hat Dante gesagt und das heißt: Es giebt nichts
Traurigeres, als fünfzig oder gar sechzig Jahre alt zu sein —
neben einer schönen Frau.“ — „Und wenn man Ihnen,“
fragte der Freund weiter, „die so sehr ersehnte Jugend wieder=
gäbe, Sie in Ihr dreißigstes Jahr zurückversetzte?“ — „Wer
dies Wunder bewirkte,“ replizierte der Künstler, „könnte von
mir alles verlangen?“ — „Selbst eine Oper?“ — „Wenn
man mir meine Jugend wiedergeben könnte, nicht auf immer,
nur auf ein Jahr, einen Monat, auf eine Woche, ja, auf
einen Tag, auf eine Stunde nur, verpflichtete ich mich, eine
Oper in drei Akten zu liefern und nicht nur die Proben
zu leiten, sondern mich am Tage der ersten Aufführung
auch an das Pult zu stellen, den Taktstock zu nehmen und
zu dirigieren.“

Natürlich wurde er jahraus jahrein von Theaterdirek=
toren gequält, eine neue Oper zu schreiben, und es wurden
ihm glänzende Angebote gemacht. Er lehnte sie jedoch samt
und sonders ab. Bezeichnend für die verdrießliche Art, womit
er dies that, ist das nachstehende Billet. Der Musikalien=
verleger Troupenas hatte ihm für das Eigentumsrecht einer
neuen, von ihm zu komponierenden Oper das hübsche

Sümmchen von 100 000 Franks geboten. Rossini erwiderte lakonisch:

„Mein lieber Troupenas!

Für den Ruhm schreib' ich nicht mehr; Geld habe ich genug! also bedaure ich recht sehr, Ihren Antrag ablehnen zu müssen.   Ihr aufrichtiger
                                        G. Rossini."

Von den vertrauteren Briefen, welche er an Freunde und Verehrer hinsichtlich seines so beharrlichen künstlerischen Verstummens schrieb, ist besonders der 1854 an den unga= rischen Malteserritter Grafen Fay gerichtete Brief von hohem Interesse. Dieser hatte den Komponisten ersucht, für Ungarn eine Oper oder ein Ballett oder mindestens eine Kirchen= musik, ähnlich dem „Stabat mater", zu schreiben. Rossini antwortete in einem lateinischen Schreiben also:

„Edelster Graf und Herr!

Es freut mich überaus, aus deinem Briefe zu erfahren, daß du ein leidenschaftlicher Musikfreund bist und das Forte= piano mit ausgezeichneter Fertigkeit spielst. Nicht minder freut es mich, aus deinen Zeilen wahrzunehmen, daß du besondere Vorliebe für klassische Musik hegst. Ich, unter den Klassikern der letzte, folge der Natur und halte mich feierlichst und heilig an diesen einmal nun eingeschlagenen Weg, und deshalb gab ich die komische Musik auf und wen= dete mich der tragischen und Kirchenmusik zu. Ebenso früh als ich, ein kaum herangereifter Jüngling, zu komponieren angefangen, ebenso früh und früher als es jemand geahnt hätte, habe ich die Feder niedergelegt. Es ist einmal so. Wer früh beginnt, muß auch, den Gesetzen der Natur gemäß, früh enden. Übrigens zog ich auch die Zeit in Betracht, in der Wunden, um nicht zu sagen Schrecknisse, auf der Kunst lasten, die das Ziel der besten Studien verwirren. Jeder Einsichtsvolle muß es daher sehr leicht begreiflich finden, daß ich bloß darum verstummte, teils um der modernen Kunstverwilderung nicht fröhnen zu müssen, teils um mit gutem Beispiel voranzugehen. Es würde die Kunst, in ihre eigenen Grenzen zurückgewiesen, der Menschheit zum Nutzen gereichen und würde nicht durch außergewöhnliche Anstrengungen in Versuchung geraten, Unmögliches leisten zu wollen, indem sie durch solches Vorgehen den wahren ästhetischen Sinn mit Kot bewirft, ja sogar der Frivolität Vorschub leistet. Demnach gehört das, was du mir von dem Kaiser der Franzosen erzählst, in das Reich der Märchen, und das, was du so angelegentlich von mir verlangst, wird ebenfalls niemals in Erfüllung gehen; denn die musikalische Technik bewegt sich außerhalb der Sphäre, und außerdem bin ich nicht gelaunt, jenen zu schmeicheln, welche die Fruchtbarkeit der Kunst und ihre sie bestimmenden Regeln verwirren. Lebe wohl, Freund der Musik und der Musiker, und sei überzeugt, daß jeder Ehrgeiz mir fremd ist, und daß ich die Stadien im Musikgebiete sehr genau zu bemessen und die Zeit genau zu berechnen weiß, wann eine Veränderung eintreten wird.

Dein, edelster Graf und Herr,
verpflichteter und bereitwilliger Diener

Florenz, 14. Febr. 1854.

Gioachino Rossini.

Nachschrift. Das Komponieren hat seine Zeit und das Studium hat auch seine Zeit. Es giebt Perioden, wo wir mehr empfinden als sehen, dann sollen wir schreiben. Jetzt ist die Zeit gekommen, wo wir mehr sehen als empfinden, und somit ist das Studium notwendiger. Betrachte die Zeitverhältnisse, und du wirst leicht einsehen, daß ich recht thue. Übrigens stehe ich mit Wort und Beispiel wenn immer zu Diensten. Stets bin ich freudig jedermann mit aufrichtigem Rate beigestanden. Ungarn hatte ich von jeher überaus lieb, denn der Tokayerwein fehlte womöglich nie auf meiner Tafel. Jetzt hege ich aber aus zweifachem Grunde

Liebe für dasselbe, namentlich weil auch du, mein Aller=
liebenswürdigster, dort wohnst."

Fétis, einer der Biographen Rossinis, hat uns eine
Äußerung des letzteren mitgeteilt, welche die brieflichen An=
sichten des Maëstro nur noch bestätigen kann. Danach soll
er seinen Freunden, die ihn wegen einer neuen Oper be=
stürmten, gesagt haben: „Ein weiterer Erfolg kann meinem
Ruhme nichts hinzufügen, während ein Mißerfolg denselben
nur erschüttern könnte."

Unmittelbar nachdem der „Tell" seine glänzende Lauf=
bahn begonnen, floh der Komponist vor den geräuschvollen
Huldigungen der französischen Hauptstadt nach Bologna, ein
von Jouy auf der Grundlage des Goetheschen „Faust" aus=
gearbeitetes Libretto mit sich nehmend. Das nächste Jahr
brachte die Julirevolution, infolge deren ihm seine Staats=
pension entzogen wurde. Er ließ sich jedoch diese Maßregel
nicht gefallen, sondern strengte gegen die Regierung einen
Prozeß an, den er nach sechsjährigem Kampfe endlich ge=
wann. Die Pension von 6000 Franks, um die es sich hier
handelte, war ihm in dem Falle zugesichert worden, wenn
unvorhergesehene Ereignisse eintreten sollten. Nachdem er
darauf einige Jahre hindurch Mitunternehmer der italie=
nischen Oper in Paris gewesen, wandte er sich 1836 wieder
nach Italien, wo er meist in Bologna lebte. Er beschäf=
tigte sich zumeist mit der Zubereitung von Pasteten und
Maccaroni, worin er es zu einer großen Virtuosität brachte,
und betrieb eine ausgedehnte Fischzucht, welche für ihn eine
sehr ergiebige Quelle des Reichtums wurde. Er hielt zwar
schon früher auf eine gute Tafel und er trank die besten
und edelsten Weine, aber in seinem Buen retiro entwickelte
er sich vollends zu einem Gourmand ersten Ranges, als ein
Feinschmecker, der seinesgleichen suchte. Als moderner Lukullus
charakterisierte er sich selbst einmal durch den Ausspruch:
„Was mich betrifft, kenne ich keine köstlichere Beschäftigung
als zu essen, versteht sich, zu essen, was man so recht essen

nennen kann. Was die Liebe fürs Herz, ist der Appetit für den Magen. Der Magen ist der Kapellmeister, welcher das große Orchester unserer Leidenschaften regiert und in Thätigkeit setzt. Den leeren Magen versinnlicht mir das Fagott oder die Piccoloflöte, wie er vor Mißvergnügen brummt oder vor Verlangen gellt. Der volle Magen ist dagegen der Triangel des Vergnügens oder die Pauke der Freude. Was die Liebe betrifft, so halte ich sie für die Primadonna par excellence, für die Göttin, welche dem Gehirn Kavatinen vorsingt, die das Ohr trunken machen und das Herz entzücken. Essen, Lieben, Singen und Verdauen, das sind, in Wahrheit gesprochen, die vier Akte der komischen Oper, die das Leben heißt und vergeht, wie der Schaum einer Flasche Champagner. Wer sie verrinnen läßt, ohne sie genossen zu haben, ist ein vollendeter Narr!"

Solchen epikuräischen Grundsätzen huldigte der Maëstro übrigens auch schon in seinen jungen Jahren. Als sein „Barbier" in Rom aufgeführt worden war, schrieb er an Signora Colbrand einen Brief, worin seine Liebe zur Musik mit seiner Gourmandise Hand in Hand geht. Es heißt darin u. a.: „Mein ‚Barbier' gewinnt von Tag zu Tag in der Gunst des Publikums und der lustige Kauz versteht die Leute so für sich einzunehmen und zu behexen, daß — selbst die eingefleischtesten Gegner der neuen Schule jetzt sich für ihn ausgesprochen haben. Des Abends hört man in den Straßen nichts als die Serenade Almavivas. Figaros Arie „Largo il factotum" ist das Steckenpferd aller Baritonisten, und die Mädchen, welche nicht einschlafen, ohne „una voce poco fa" gesungen zu haben, wachen mit „Lindoro mio savà" wieder auf. Aber was Sie wohl ebensosehr als meine neue Oper interessieren wird, ist die Entdeckung einer neuen Salatbereitung, welche mir gelungen ist: ich beeile mich daher, deren Rezept hier beizufügen. Nehmen Sie Provenceröl, englischen Senf, französischen Weinessig ein wenig Citrone, Pfeffer und Salz, mischen Sie alle

wohl untereinander und fügen Sie dann dem Ganzen noch
einige, in kleine Stücke geschnittene Trüffeln hinzu. Die
Trüffeln geben der Sauce eine Art von Nimbus, fähig,
einen Feinschmecker in Ekstase zu versetzen. Doch ich komme
auf meinen ‚Barbier‘ zurück u. s. w.‘‘

Einmal sagte Rossini zum Grafen Gallenberg, dem ehe=
maligen Leiter des Kärntnerthor=Theaters in Wien, in seiner
geistreich=paradoxen Weise: „Die Trüffel ist der Mozart der
Champignons! Ich kenne in der That keinen besseren Ver=
gleich zum Don Juan als die Trüffel. Beide haben das
miteinander gemein, daß, je mehr man davon genießt, desto
mehr Reiz und Gefallen man daran findet.‘‘

In Paris war er nicht allein mit dem Baron Roth=
schild, sondern auch mit dessen — Koch intim befreundet.
Daher widmete er einmal ein italienisches Lied Mr. Carême,
dem Koch des Rothschildschen Hauses. Ein Verehrer des
Meisters erzählt über den Ursprung der Widmung die nach=
stehende kleine lustige Geschichte: Nie ging der Komponist
des „Wilhelm Tell‘‘ zu Rothschild zum Diner, ohne die
Küche zu besuchen und sich nach dem Befinden des großen
Kochkünstlers zu erkundigen. Carême erwiderte diese Zeichen
des Wohlwollens immer auf eine anständige, herzliche Weise
und er verfehlte nie, den Maëstro auf alle Gerichte, für
welche er gut stehen könne, aufmerksam zu machen. Dabei
bat er ihn inständig, die übrigen Gerichte nicht zu berühren,
weil diese weder des Künstlers, der sie bereitet, noch des
Schmeckers vollkommen würdig wären. Die Abreise Rossinis
und sein Vorhaben, sich dauernd in Bologna niederzulassen,
erfüllte den Kochkünstler mit tiefer Betrübnis. Vielleicht
trug der Schmerz der Trennung dazu bei, das Ende des
Abgotts aller Gourmands zu beschleunigen. Er verlor in
Rossini nicht allein einen Freund, sondern auch einen eifrigen
Bewunderer seines Kochtalents, den einzigen, wie er sagte,
der ihn zu begreifen vermochte. Einst sandte dem Maëstro
Carême eine Wildbretpastete. Auf der Schachtel, welche

dieses gastronomische Meisterwerk enthielt, stand die einfache
Aufschrift: „Carême à Rossini". Der Maëstro, von dieser
Aufmerksamkeit tief gerührt, komponierte in der Eile für
seinen Freund ein italienisches Lied, rollte das Manuskript
sorgfältig zusammen und übergab es dem Kurier. Als sich
dieser damit entfernen wollte, rief ihn Rossini zurück.
„Warten Sie," sagte er, „ich habe vergessen, die Aufschrift
zu machen." Und er schrieb auf die erste Seite: „Rossini
à Carême".

1836 war Rossini als Gast des Barons Rothschild in
Frankfurt a. M., wo er von seinen zahlreichen Verehrern
in begeisterter Weise gefeiert wurde. Über die ihm zu teil
gewordenen Huldigungen entnehme ich den damaligen Frank-
furter Blättern u. a. folgendes:

„Daß die Anwesenheit des außerordentlichen und mit
außerordentlichen Mitteln begabten Lieblings Euterpens,
dessen süße Melodien uns sofort entzückt hatten, in Frankfurt nicht so still vorübergehen und ungefeiert bleiben würde,
war um so mehr zu erwarten, da seine empfehlende Persönlichkeit, seine heitere, zuvorkommende Weise im Umgang
und seine — wenigstens scheinbare — Anspruchslosigkeit die
Zahl seiner Freunde nicht wenig vermehrt. Die frohen
Empfindungen über den Besuch Rossinis in unserer Vaterstadt gesellig zu vereinen, veranstalteten die Herren Scuffer-
held und Springsfeld in Gemeinschaft mit den beiden Ferdi-
nanden, den Künstlern Ries und Hiller, ein festliches Mahl,
zu welchem sich am 18. Juni viele Notabeln, Gelehrte und
Künstler Frankfurts in der herrlichen Mainlust versammelten, um unter den Augen des Meisters sich der geselligen
Freude zu überlassen. Wir fanden das Fest aufs beste in
einem der schönen Pavillons vorbereitet und angeordnet.
Dem freudigen Lebehoch, das Herr Scuffherheld dem Ehren-
gaste brachte und in welches die Anwesenden jauchzend ein-
stimmten, ging folgender, von Herrn Gollmick gedichteter,
‚Gruß an den ersten der italienischen Tonmeister' voran:

Gieße, Gott der Töne,
Italiens Wohllaut nieder,
Ohr und Herz erlabend,
Anmut 'm Geleit;
Cytherens Göttersohne
Huldigung zu singen,
Ihn, den Meister, ehrend,
Nun und jederzeit! —
O wie hat dein Schaffen

Reicher Melodien
Oft den Ernst erheitert,
So wie du uns botest
Sylphisch leichten Tanz;
Ideale deutscher Muse!
Nimm, o Schwan Pesaros,
Ihn, den deutschen Kranz!

Dieser Gruß ward nach der Melodie des Quartetts aus
„Ory“: „noble châtelaine“ von den Herren Schmiezer,
Hassel, Hecht und Gollmich mit Feuer und Gefühl vorge=
tragen. Vorzüglich aber muß der schönen Worte gedacht
werden, die Herr Professor Durand in französischer Sprache
an den Gefeierten richtete und wofür ein allgemeiner Aus=
druck wahrhaften Gefühls dem Redner lebhaften Dank zu=
rückbrachte. Herr Durand sprach etwa folgendes:
, Ruhmvoller Meister! Ein Philosoph des Altertums,
vom Sturm an ein Ufer geworfen, das ihm unbewohnt
schien, bemerkte bald im Sande geometrische Figuren. Die
Götter seien gepriesen! rief er aus, — es sind hier Men=
schen! — Sie haben Italien, England, Frankreich mit Ihren
Namen erfüllt und sind dann über den Rhein gekommen,
die deutsche Erde zu besuchen. Von allen Seiten wurde Ihr
Ohr von den kunstvollen Harmonien getroffen, die Sie uns
gelehrt haben, und vielleicht haben Sie wie jener Weltweise
gesagt: es sind hier Menschen! Ja, es sind Menschen hier,
die Ihnen Bewunderung weihen; und nicht nur hier, in
diesem Kreise, sondern überall in ganz Deutschland, in der
ganzen civilisierten Welt. Wenige mögen sein, die nicht

6

hundertmal von den süßen und erhabenen Empfindungen
durchbebt wurden, die Ihr Talent weckt, mit unaussprech=
lichen Reizen so viele Lebenstage schmückend. So haben
Sie sich ein Recht erworben auf Bewunderung und Dank.
Und könnten Sie, Rossini! wohl die Huldigung gering
achten, die Ihnen unter uns dargebracht wird? Es ist das
Vaterland Mozarts und Beethovens, das Sie ehrt, bewun=
dert, grüßt! Ruhmreicher Gast, wir trinken auf Ihre Ge=
sundheit, auf Ihr Glück!'

Nicht weniger Anklang fand der Toast des Herrn Berly,
welchen derselbe, ganz unvorbereitet, mit folgenden Worten
begleitete:

,Das Genie ist welthistorisch. Das tonreiche Genie spricht
die Weltsprache. Es wird anerkannt und bewundert, wo
es sich zeigt; es erregt und stärkt die Gemüter, wo es seinen
Zauber walten läßt. Aber der Kosmopolitismus des Genies,
der Universalismus des Seltenen, dem allenthalben freudige
Echos begegnen, er wird sich stets behagen in der Berüh=
rung mit verwandten Geistern der Fremde, die ihm im
Augenblick zur Heimat wird. Darum, indem wir heute,
an den Ufern des Mains, in Goethes Geburtsstadt, der
kunstempfänglichen, kunstliebenden, den Schöpfer nie unter=
gehender Tonwerke mit gastlichem Wort begrüßen, drängt
es uns, auch die hier anwesenden Genossen seines Ruhms,
die kunstbegabten Männer — Ferdinand Ries, Mendelssohn,
Hiller, Aloys Schmitt, Rosenhain — hochleben zu lassen.
Sie mögen leben, wirken und erfreuen, und ihrer Göttin,
der Muse Polyhymnia, als unermüdete Priester fort und
fort dienen!'

Einige Gegenworte des Ehrengastes erhielten den lau=
testen Beifall und Dank der Gesellschaft. Und so rückte
unvermerkt die Stunde nahe, welche zur Tafel rief. Die
Gäste verfügten sich in den Garten, um den Kaffee einzu=
nehmen. Ein zahlreiches Publikum befand sich hier und es
gewährte einen wohlgefälligen Anblick, als sich plötzlich ein

weiter Halbkreis um den reichbegabten Tonsetzer bildete,
denn jeder Anwesende wollte die Gelegenheit nicht vorüber=
gehen lassen, ihn in Person kennen zu lernen. Kann doch
auch dem Menschen nichts erfreulicher sein, als der Anblick
eines großen Mannes! In ihm werden die Gipfel des
Lebens ihm sichtbar und sonnenhell jene Höhen, zu denen
er sich gern hinaufschwingen, hinauf leben möchte, wo er
das, was er in sich als Anlage dunkel und verborgen spürt,
aufgeblüht und in einer Art von Vollendung erblickt, wo
er sein eigenes Werden geworden sieht und seines eigenen
Wesens, seines Verlangens und seiner Bestimmung erst
recht bewußt wird! — Rossini äußerte sich gegen mehrere
Freunde mit Herzlichkeit, daß er stolz sei auf die liebevolle,
ehrende Aufnahme, die ihm in Frankfurt geworden." — —

Solche Reisen erheiterten Rossini auf kurze Zeit, dann
fiel er wieder in seine Apathie zurück. Es ist unleugbar, daß
er viele Jahre hindurch an hochgradiger nervöser und geistiger
Abspannung litt, welche lähmend auf seine Produktionskraft
einwirkte. Durch seine bisherige außerordentliche Thätigkeit,
seinen Prozeß mit der französischen Regierung und häusliche
Miseren aller Art war seine Gesundheit gründlich untergraben
und er auf dem besten Wege, ein Menschenfeind zu werden.
Fétis, welcher ihn 1841 in Bologna besuchte, fand den
Maëstro in einem kläglichen Zustande: blaß und mager; der
ausgelassen heitere Italiener war nicht zu erkennen; Miß=
trauen und Hypochondrie hatten sich seiner bemächtigt. Er
hatte für nichts mehr Interesse und wollte von nichts hören,
weder von Gott noch von Menschen, am allerwenigsten von
der Musik, gegen welche ihn ein wahrer Haß erfaßt hatte,
der so weit ging, daß in seinem Hause keine Taste ange=
schlagen und kein Ton gesungen werden durfte. Er hatte
nur noch Sinn für Landwirtschaft, er trieb, wie schon er=
wähnt, eine sehr ausgedehnte Schweine= und Fischzucht, die
ihm ein großes Vermögen einbrachte.

Infolge ehelicher Zwistigkeiten ließ er sich von Isabella

Colbrand scheiden, verheiratete sich aber später (1847) mit Fräulein Olympia Pélissier, einer steinreichen Dame, in Bologna, mit welcher er in glücklichster Ehe lebte und die ihn auch überlebte; aber obschon er in den fünfziger Jahren vollständig wieder gesundete und seine Gemütsheiterkeit erlangte, blieb und war er doch für die Kunst, wenigstens für die Oper, ein toter Mann.

Die musikalische Ausbeute seiner letzten vierzig Jahre war eine sehr geringfügige. Er veröffentlichte nur noch ein „Stabat mater" und einzelne kleine Kompositionen, darunter „Soirées musicales", eine Sammlung ein= und zweistimmiger Gesänge. Sein „Requiem" war sein letztes Werk. Als er es der Sängerin Alboni einübte, sagte er zu ihr: „Mein Kind, Sie werden es bei meinem Leichen= begängnis singen." In der That wurde seine „missa solemnis" bald nach seinem Tode aufgeführt. In seinem Nach= laß wurden mehrere kleinere und größere Werke für Piano, Horn, Violine, Cello, Harmonium und ein Trauergesang auf den vier Jahre vor ihm (1864) gestorbenen Giacomo Meyerbeer aufgefunden.

Das „Stabat mater" komponierte Rossini 1832, und zwar für den Abt Varela in Spanien, der von ihm gern eine kirchliche Komposition gehabt hätte. Varela ließ ihm dafür durch einen gemeinsamen Freund, den Bankier Aguado, eine goldene Dose im Werte von 5000 Franken übersenden. Erst zehn Jahre später erschien, gegen den Willen Rossinis, das „Stabat mater" im Verlage der Firma Aulagnier zu Paris, welche die Handschrift aus dem Nachlasse des Abtes Varela an sich gebracht hatte, in Druck. Rossini protestierte gegen die Veröffentlichung und bekannte dabei, daß nur sechs Nummern der Komposition von ihm, die übrigen von Tadolini, dem Direktor der italienischen Oper in Paris, seien. Er erließ gegen die beabsichtigte Drucklegung einen geharnischten Protest, welcher mit den Worten schloß: „Ich bin gesonnen, jeden Verleger in Frankreich oder im Aus=

lande, der Spitzbüberei treiben sollte, bis in den Tod zu
verfolgen." Schließlich ließ sich Rossini doch bereit finden,
die kirchliche Komposition an Troupenas für 6000 Franken
zu verkaufen. Sie wurde am 7. Januar 1842 zum ersten=
male in der italienischen Oper aufgeführt und erzielte einen
außerordentlichen Erfolg. Das Oratorium wurde vierzehnmal
hintereinander gegeben und brachte den Gebrüdern Escudier,
den Herausgebern der „France musicale", welche für drei
Monate das Recht der Aufführung Troupenas abgekauft
hatten, 150 000 Franken ein. Natürlich enthielt das Werk in
seiner jetzigen Gestalt n u r die Kompositionen des Meisters.

Diese Kirchenmusik ist ihrem innersten Gehalte nach welt=
lich; die Worte bilden nur die äußere Unterlage für den
bunten Festschmuck der Töne. Der Opernkomponist bleibt
eben auch im kirchlichen Gewande sich innerlich gleich. In
Deutschland fand es als Ganzes keine weite Verbreitung;
einzelne Sätze jedoch, wie z. B. das schöne Duett „Quis
est homo", sind beliebte Konzertnummern geworden. Es
wurde u. a. auch in Wien — 1843 — aufgeführt, ohne
sonderlich anzusprechen, was Franz Grillparzer zu einem
strafenden Gedichte gegen die Ablehner des Oratoriums ver-
anlaßte; es heißt dort u. a.:

> Was liegt daran! Das Werk besteht,
> Und euer später Enkelsohn
> Zahlt einst die Schuld des Vaters schon,
> Wie ihr für eure Väter steht,
> Die Mozarts „Don Juan" verschmäht.
> Den Meister aber kümmert's nicht,
> Er kennt die Welt, mich deucht, er spricht:
>> „Wenn sie mit den Augen hört,
>> Mit den Ohren sieht,
>> Mit dem Kopfe fühlt,
>> Und dem Gefühle denkt,
>> Ist sie nicht wert, daß man sich kränkt."

Aus zerstreuten Albumblättern stellte Rossini 1834 seine
„Soirées musicales" zusammen, eine Reihe von zwölf

kleineren Solo= und Ensemblestücken, die — nach dem tref=
fenden Urteil Emil Naumanns — durch die Frische, die
quellende Melodik und die aristokratische Eleganz des Aus=
drucks zu den Zierden des Salongesangs gehören. Einen
ähnlichen Charakter trägt der bekannte Chor „Charité“,
welcher 1844 komponiert und zugleich mit zwei Jugend=
arbeiten des Maëstro: „La foi“ und „L'esperence“, her=
ausgegeben wurde.

Zu dem Einsiedler von Bologna wallfahrteten seine
zahlreichen Verehrer aus aller Herren Ländern. Einmal
erschien auch Lumley, damals Direktor der italienischen Oper
in Paris und London. Der Komponist kannte den Fremden
nicht und hielt ihn für einen Angelfreund. Der Theater=
direktor ging auf den Spaß ein und sagte, er wolle ihm
einen neuen Haken zeigen. Zugleich nahm er sein Porte=
feuille heraus und legte ihm einen Haufen Banknoten hin.
„Ich bin Theaterdirektor und biete Ihnen 100 000 Franks
für eine neue Oper“ — doch Rossini blieb unerschütterlich.
„Habt ihr denn gar nichts mehr,“ erwiderte er verdrießlich,
„daß ihr mich in meiner Ruhe stört? Es gab ja sonst auch
einen gewissen Meyerbeer und Herrn Auber. Schreiben auch
sie nichts mehr? Da mache ich Ihnen mein Kompliment.“

Ebenso besuchte ihn einst die berühmte Romanschrift=
stellerin George Sand, in Gesellschaft und als Protek=
torin der damals erst fünfzehnjährigen Pauline Garcia,
um ihn zu vermögen, sich von der jungen, begabten Künst=
lerin auch nur eine Arie vorsingen zu lassen. Frau Viar=
bot=Garcia erzählte später Emil Naumann, dem wir
diese Mitteilung verdanken, daß es eine unglaubliche Mühe
gekostet habe, den Meister dazu zu vermögen, ihr — um die
sich, wie wir wissen, alle Bühnen Europas stritten — nur
zehn Minuten lang zuzuhören.

Die Revolution von 1848 vertrieb den Sonderling aus
Bologna und die Beredsamkeit seiner Freunde brachte es
zustande, daß er wieder nach Paris übersiedelte, wo er denn

auch bis an sein Lebensende ausharrte. Er verließ Bologna
stets nur auf kurze Zeit, um sich auf Reisen zu erholen.

Diesmal gefiel es ihm in der französischen Metropole
besser wie bei seiner fluchtähnlichen Abreise aus dem „Mekka
der Civilisation" nach seinem „Tell"=Triumph; alle Welt
kam natürlich dem großen und berühmten Mann aufs
freundlichste entgegen. Rossini betrachtete, obschon er sich
nie naturalisieren ließ, Frankreich als sein Adoptiv=Vater=
land. Er war der gefeierte Mittelpunkt eines zahlreichen
Kreises von Künstlern und Freunden, seine Salons bildeten
den Versammlungsort der Geistes= und Geburtsaristokratie,
und es galt als hoher Vorzug, bei dem Altmeister eingeführt
zu werden. In Paris wurde eine Straße nach ihm genannt;
und außer der Rue Rossini gab und giebt es auch ein
Théâtre und Café Rossini.

Keine Berühmtheit kam nach Paris, ohne dem Maëstro
ihre Aufwartung zu machen. 1860 besuchte ihn auch Richard
Wagner und er hat darüber in seiner anmutigen Skizze
„Erinnerungen an Rossini" (Ges. Werke, Bd. 8, S. 220)
berichtet. Auch Emil Naumann besuchte ihn, wie schon er=
wähnt, 1867. Aus dem bereits angeführten Interview mag
hier nur noch einiges zur Kennzeichnung dieses merkwür=
digen Mannes wiedergegeben werden: „Der alte Herr, dessen
Züge den vorwaltenden Ausdruck der Bonhomie trugen, er=
hob sich bei meinem Eintritt von dem Lehnstuhl am Schreib=
tische, auf welchem die Partitur eines Manuskripts lag,
dessen Ausführung ihn soeben beschäftigt hatte. Mir blieb
noch gerade soviel Zeit, wahrzunehmen, daß rechts von ihm
ein Blumentisch und auf seiner linken Seite ein Pianino
stand, auf dessen beiden Ecken, charakteristischerweise, die
Statuetten der Helden derjenigen beiden Opern standen, die
seinen Namen unsterblich gemacht haben: des Tell näm=
lich mit dem Knaben und des Barbiers von Sevilla, in
dessen spanischem Volkskostüm. Nach den ersten, in fran=
zösischer Sprache erfolgten Begrüßungen, und nachdem Rossini

sich nach Frau Viarbot=Garcia erkundigt, die mich durch
ein freundliches Schreiben bei ihm eingeführt hatte, sagte
der Meister, auf das noch nasse Manuskript weisend: ‚Sie
finden mich bei der Vollendung einer Komposition, die ich
dazu bestimmt habe, unmittelbar nach meinem Tode auf=
geführt zu werden.' Diese mit heiter=strahlendem Gesichte
vorgebrachten Worte setzten mich in Verwunderung, da sie
wenig zu der bekannten Lebenslust des noch jugendlichen
Greises zu passen schienen, und als ich dies aussprach, er=
wiederte er: ‚O, glauben Sie nur nicht, daß ich meine kleine
Komposition vollende, weil ich den Kopf hängen lasse und
mich mit Sterbegedanken trage, es geschieht nur, um dem
hiesigen Herrn Sachs und seinen Freunden nicht in die
Hände zu fallen. Ich führte nämlich die Vokalstimmen
dieser bescheidenen Arbeit schon vor einiger Zeit aus; findet
man dieselbe nun in meinem Nachlaß, so kommt Herr Sachs
mit seinen Saxofons *) oder Herr Berlioz mit anderen
Riesen des modernen Orchesters, wollen damit meine Messe
instrumentieren und schlagen mir meine paar Singstimmen
tot, wobei sie auch mich selber glücklich umbringen würden.
Car je ne suis rien qu'un pauvre mélodiste! Ich bin
daher nun beschäftigt, meinen Chören und Amen, in der
Weise, wie man es früher zu thun pflegte, ein Streich=
quartett und ein paar bescheiden auftretende Blasinstrumente
unterzulegen, die meine armen Sänger noch zu Worte
kommen lassen. Sie sehen eben einen Mann vor sich, der,
wie alle bejahrten und schwach werdenden Leute, noch an
der guten alten Zeit seiner Jugend und seiner Gewohn=
heiten hängt. Ihr jüngeren Menschenkinder müßt daher
Geduld mit uns haben!' In diesem heiter=ironischen Ton,
aus dem noch die ganze Schalkhaftigkeit des Schöpfers des
‚Barbiers' vorblitzte, fuhr der liebenswürdige Alte noch eine
Zeitlang fort."

---

*) Mächtig tönende Blechblasinstrumente, die ihren Namen von
ihrem Erfinder erhalten.

Roffini blieb bis zu seinem Tode nicht allein mit den hervorragendsten Vertretern der französischen Hauptstadt in innigster Berührung, sondern unterhielt auch mit aller Welt einen regen Briefwechsel. Leider besitzen wir noch keine vollständige Sammlung der Briefe des großen Tonkünstlers, und es wäre sehr zu wünschen, daß endlich seine in Archiven, Staats= und Privatbibliotheken*) und sonst zerstreuten Kor= respondenzen gesammelt und herausgegeben würden.

Der Lebensabend Roffinis war reich an Ehren und Auszeichnungen aller Art. Schon lange vor seiner Über= siedlung nach Paris wurde seine Marmorbüste im Flur der Großen Oper aufgestellt und auf dem Hauptplatz seiner Vaterstadt Pesaro wurde ihm 1864 ein Standbild errichtet und ihm zu Ehren eine Denkmünze geprägt. Die Festlich= keiten am 21. August des genannten Jahres, am Einweihungs= tage, gestalteten sich gewissermaßen zu einer nationalen Feier. Wie sehr den „Schwan von Pesaro" diese Aufmerksamkeiten rührten, kann man aus einem Schreiben ersehen, welches er an den Komponisten und Musikschriftsteller Angelo Catelani in Modena, welcher die Einweihungsfestlichkeiten in einer Zeitung zu Modena, „Panaro", beschrieben hatte, richtete. Dasselbe lautet:**)

„Liebster Freund und Kollege!

Wie vermag ich mit Worten die heilige Dankesschuld für alles abzutragen, was Sie zur Ehre meines süßen Vater= landes und seines greisen Sohnes gethan! Der Ihnen den Namen Angelo (Engel) gegeben — der Himmel segne ihn! — muß geahnt haben, daß Sie eines Tages mein irdischer Engel werden würden. Ja, mein vortrefflicher Freund, Sie geben mir schriftlich und thatsächlich so große und häufige Beweise von Zuneigung, daß sie mich, wäre meine Be=

---

*) Die Handschriften=Abteilung der königlichen Bibliothek in Berlin z. B. besitzt nur zwei unveröffentlichte Briefe Roffinis, den einen in französischer, den anderen in italienischer Sprache.
**) Vergl. La Mara, „Musikerbriefe aus fünf Jahrhunderten", 2. Bd., S. 110 ff.

scheidenheit nicht eine unübersteigliche Schranke, stolzer machen
könnten, als Artaban, den eitelsten Menschen!!! Ich habe
die Nummern des ‚Panaro‘ erhalten und Gelegenheit ge=
habt, nicht nur die Geschicklichkeit Ihrer Feder, sondern auch
Ihre großmütige Nachsicht gegen mich zu würdigen. Sie
malen (mit dem Pinsel Salvatore Rosas) das in Pesaro
Vorgefallene so lebendig, daß es mir beim Lesen war, als
sei ich dabei gewesen. Also Dank, tausend Dank!

Jetzt, wo ich noch mehr als sonst geplagt bin und von
morgens sechs bis abends sechs die Feder in der Hand halte,
um eine entsetzliche, wenn auch schmeichelhafte Masse von
Briefen zu beantworten, die ich von allen Seiten empfing,
bin ich glücklich, Ihnen diese wenigen Worte zuzuwenden,
um Ihnen zu versichern, daß derjenige nicht undankbar ist,
der sich jetzt und jederzeit freudig nennt Ihr

Ihnen von Herzen ergebener

Passy bei Paris, 5. Sept. 1864.   G. Rossini.“

Auch unterließ er es nicht, aus Anlaß der Einweihung
der Statue nachstehenden Brief an den Syndikus Pesaros
zu richten:

„Hochwohlgeborener Herr Ceccarelli!

Ich habe mit größter Freude Ihr schätzbares Schreiben
empfangen, in welchem Sie mir mit dem Pinsel Sanzios
schildern, was in meiner Vaterstadt Pesaro geschehen ist, um
mich zu ehren und zu feiern. Se. Excellenz Ubaldino Peruzzi
hat mich von der königlichen Munificenz in Kenntnis gesetzt.
Sie machen mir jetzt zu wissen, daß Sie im Besitz einer
mir zu Ehren geprägten und von der hochherzigen tos=
canischen Deputation zur Übersendung an mich gegebenen
Münze sind. Alles dies vermag mich stolz zu machen und
es sind wahrhaft schöne und schmeichelhafte Ermunterungen,
für die ich sehr dankbar bin. Ich muß Ihnen aber er=
klären, daß die mir von meinen Mitbürgern bewiesene Liebe
dasjenige ist, was meine Seele am meisten erfreut hat und
ins Tiefinnerste meines Herzens bringt. Eine Vaterlands=

liebe, die ich, wenngleich im Stillen, mein ganzes Leben
lang genährt habe, vergolten zu sehen, ist eine wahre Glück=
seligkeit für mich. Ich muß Ihnen auch noch sagen, welche
Befriedigung mir der Gedanke gewährt, daß mein lieber
Graf Giordano·Perticari ebenfalls bei der Feier figuriert
hat, was mir den Beweis lieferte, daß er sich der besten
Gesundheit erfreut und mir sein Wohlwollen bewahrt, auf
das ich stolz bin. Ich bemerke eben, Herr Syndikus, daß
ich Sie schon zu lange mit meinem Schreiben ermüde;
werfen Sie einen Blick in mein Herz und verzeihen Sie mir.
Übermitteln Sie auch den Herren Mitgliedern der Giunta
die Gefühle meiner innigsten Dankbarkeit und ebenso allen
jenen, welche das Kind von Pesaro lieben, das glücklich ist
zu sein   Ihr hochachtungsvoller und ergebener
Paris, 27. Aug. 1864.   Joachim Rossini=Passy."

An den erwähnten Grafen Giordano Perticari, Präsi=
denten des Rossini=Vereins in Pesaro, hatte er gleichfalls
ein Dankschreiben gerichtet. Dasselbe wurde im Theater zu
Pesaro vorgelesen und erregte außerordentliche Begeisterung,
besonders die Stelle, in welcher der Meister sich äußerte, daß
wenn es ihm bei Lebzeiten auch nicht gegönnt gewesen sei,
für seine Vaterstadt zu wirken, so werde man aus seinem
bereits vor Jahren abgefaßten Testamente ersehen, wie sehr
er seine Pesareser geliebt habe.

In der That löste Rossini sein Versprechen glänzend ein,
denn einen großen Teil seines bedeutenden Vermögens ver=
machte er seiner Vaterstadt teils zu humanitären, teils zur
Förderung von künstlerischen Zwecken. Pesaro erhielt u. a.
durch seine Vermächtnisse auch die Mittel zur Gründung
eines Konservatoriums, und wurde dasselbe 1882 als „Lycée
musical" eröffnet.

Sein am Boulevard des Italiens zu Paris gelegenes
gastfreies Haus war, wie ich schon erwähnt, der Sammel=
platz aller Vertreter von Geist, Kunst und Wissenschaft. In
den weiten Gemächern der ersten Etage wohnte Rossini und

empfing fast jeden Abend eine große Anzahl von Freunden
und Verehrern. Sonnabends gab er in der Regel große Soi=
reen, in denen nur Eingeladene empfangen wurden. Was die
litterarische und künstlerische Welt von Paris an blühenden
oder auch abgeblühten Geistern besaß, konnte man hier in
nächster Nähe sehen und hören — u. a. die Taglioni, die
Grossi, die Alboni —, zahlreiche berühmte und unberühmte
Männer und Frauen, die samt und sonders glücklich waren,
in die Nähe Rossinis zu kommen und ihm ihre Verehrung aus=
zudrücken. Es war nicht ihre Schuld, bemerkte ein Besucher
der Rossinischen Jourfixe einst, wenn sie nicht fortwährend
vor dem Maëstro auf den Knieen lagen, es war nicht ihre
Schuld, wenn die Empfangssäle nicht in Tempel des Götzen=
dienstes umgewandelt wurden — es war die Schuld des
taktvollen Komponisten, der alle die Anbetung mit feinster
Ironie hinzunehmen und zu zügeln wußte. Trotz aller Ironie
und Abhärtung gegen die Verehrung der Menschen war er
doch gerührt, als einst eine kleine Oper von J. B. Weckerlin
in einer seiner Soireen aufgeführt wurde, die mit einer ge=
schickt angebrachten Apotheose des Meisters endete.

Rossini war selten krank; stets eine unverwüstliche Froh=
natur, fing er in seinem 76. Lebensjahre zu kränkeln an und
die Kunst seines Arztes Dr. Nelaton, des Hausarztes Napo=
leon III., versagte bei ihm. Anfangs November 1868 wurde
er operiert und außer dem Genannten behandelten ihn noch
die beiden berühmten Mediziner Bio Bonati und Ancona.
Als er auf seinem Totenbette in Passy bei Paris lag, wollte
ihm der Pfarrer Galby von Passy einen Besuch abstatten, doch
ließ ihn die Gattin des Meisters anfänglich nicht zu ihm, indem
sie meinte: „Mein Mann hat stets seine Pflicht als Mensch
gethan; ich will nicht, daß man ihn jetzt beunruhige." Der
Abbé kam jedoch einige Tage später, als Rossini bereits in den
letzten Zügen lag. Der Pfarrer hatte mit ihm eine lange
Unterredung. Er fragte ihn: „Maëstro, glauben Sie an die
heiligen Wahrheiten der katholischen Religion und an ihre

Lehren?" Rossini sah den Geistlichen eigentümlich an und sagte mit fester Stimme, ironisch lächelnd: „Celui qui écrit le Stabat à la foi" (Wer das „Stabat mater" geschrieben, hat auch Glauben). Hierauf erhielt er die Absolution und des Abends, als sein Zustand ein hoffnungsloser wurde, die letzte Ölung. Von da an begann ein langer und schmerzlicher Todeskampf. Der letzte Name, welcher auf seine Lippen kam, war der seiner Frau, deren Hand er mit Zärtlichkeit küßte.

Am 14. November, nachts 12½ Uhr, hauchte er in seinem Landhause zu Passy seine unsterbliche Seele aus. Der volks-tümlichste Mann von Paris war gestorben, und sein Dahin-scheiden erschütterte jedermann aufs tiefste, nicht allein in der französischen Hauptstadt, sondern in der ganzen gebildeten Welt.

Am 21. November fand die Bestattung der sterblichen Reste des Unsterblichen statt. Trotz der sehr rauhen Witte-rung hatte dieselbe die Bevölkerung von ganz Paris in Be-wegung gesetzt. Die Trinitätskirche am nördlichen Ende der Chaussée d'Antin, in welcher die kirchliche Ceremonie vor sich ging, war schon von 11 Uhr früh ab von einem geladenen Publikum gefüllt, welches den Spitzen der Pariser offiziellen Welt, sowie den künstlerischen und litterarischen Kreisen ge-hörte. Um 12½ Uhr kündigte das Rollen der Trommeln die Ankunft der Leiche an. Während man den mit Blumen und Kränzen bedeckten Sarg auf den Katafalk niedersetzte, spielte die Orgel das berühmte Nachtstück aus der „Semi-ramis". Dann führten die hervorragendsten Kräfte der Pariser Oper: die Sängerinnen Alboni, Patti, Nielson, Bloch, Krauß und Grossi und die Sänger Tamburini, Faure, Nicolini, Garboni, Agnest, Bonehaire, Caro und Bèlone die folgenden Stücke auf: ein Dies irae, ein Liber scriptum und Pie Jesu, sämtlich der Musik des Rossini-schen Stabat mater angepaßt, ein Agnus Dei auf die Melodie des Gebets aus „Moses", ein Stück aus Stabat mater von Pergolese und das Lacrimosa aus Mozarts Requiem. Inzwischen harrte auf den Boulevards eine unabsehbare Menschenmenge des Zuges. Derselbe bewegte sich über die Boulevards nach dem Père Lachaise. Die Zipfel des Leichentuchs wurden abwechselnd von dem italienischen Gesandten Ritter Nigra, dem italienischen Konsul Cerrutti, dem Abgeordneten b'Ancora aus Pesaro, von Auber, Ambroise Thomas, dem Kunstintendanten Grafen Nieuverkerke, Corneille, Doucet, Generalinspekteur der Theater und Mitglied der Akademie der Wissenschaften, den Sängern Tamburini, Faure, Duprez, delle Sedie u. s. w. gehalten. Man kam erst bei einbrechender Dunkelheit auf dem Kirchhofe an. Am Grabe Rossinis sprachen Ambroise Thomas, Corneille, Doucet, Elwart, Professor am Konservatorium, und Perrin, Direktor der Großen Oper.

Nachdem man in Italien gleich ursprünglich die Idee hatte, Rossini in Santa Croce zu Florenz, welche Kirche die Gebeine von Michel Angelo, Machiavelli, Galilei und anderer italienischer Berühmtheiten umschließt, ein Grabmal zu errichten, und eine Deputation der Stadt Pesaro die Auslieferung der Reste des Dahingeschiedenen sich erbat, konnte man dieses Projekt erst 23 Jahre nach dem Tode Rossinis ausführen: der Leichnam wurde am 3. Mai 1887 unter glänzenden Feierlichkeiten im genannten Heroen-Pantheon zu Florenz beigesetzt.

An der Thür der genannten Florentiner Kirche befand sich schon vor Jahren die Inschrift:

Gioachino Rossini,
den Meister der allmächtigen Tonkunst,
in der alle menschlichen Geschlechter,
alle erhabenen und eblen Empfindungen
ihre Sprache finden,
und die uns die ewige Harmonie enthüllt,
ehrt die Regierung des Königreichs Italien
durch eine feierliche Ruhestätte
in diesem Tempel des Nationalruhms,
welcher zur Seite der glänzendsten Vertreter
des italienischen Namens
seine sterbliche Hülle aufnehmen wird,
nachdem man sie von fremder Erde heimgebracht.

Rossini hinterließ ein Vermögen von etwa drei Millionen Franks. Er stiftete für künstlerische und litterarische Zwecke zahlreiche Legate, u. a. auch zur Errichtung eines Künstler=asyls in Paris. Besonders bemerkenswert ist der Passus des Testaments, der von seiner Vorliebe für Frankreich Zeugnis ablegt. Derselbe lautet wörtlich: „Ich will, daß nach meinem und meiner Gattin Tode für alle Zeiten für Paris und ausschließlich für Franzosen zwei Preise von je 2000 Franken gegründet werden, welche alljährlich zu ver= teilen wären, und zwar der eine an den Verfasser einer kirchlichen oder weltlichen musikalischen Komposition, in der besonders auf die gegenwärtig so vernachlässigte Melodie Bedacht genommen werden soll, der andere an den Verfasser des Textes (in Prosa oder Versen), auf welchen die Musik gemacht und dem sie vollkommen ange= paßt werden soll. Bei diesem Text sind die Gesetze der Moral zu beobachten, welchen die Schriftsteller nicht immer Rechnung tragen. Die Produktionen sind einer der Akademie der schönen Künste zu entlehnenden Kommission zu unter= breiten. Ich habe gewünscht, Frankreich, welches mir so wohlwollende Aufnahme zu teil werden ließ, den Beweis meiner Dankbarkeit und meines Wunsches zu hinterlassen, eine Kunst sich vervollkommnen zu sehen, der ich mein Leben gewidmet habe."

In der That ehrte Frankreich in Rossini, obschon er sich nicht naturalisieren ließ, einen vollbürtigen Sohn des fran= zösischen Geistes, auf keinen seiner berühmten Söhne blickte Paris mit größerem Stolze.

6. Der Mensch Rossini. — Seine Eigentümlichkeiten. — Bonmots und heitere Züge aus seinem Leben.

Rossini gehört zu den Lichtgestalten in der Kultur= und Musikgeschichte, die nicht nur als Tonkünstler, sondern auch als Menschen unsere vollste Verehrung verdienen. Ein Bayard ohne Furcht und Tadel, eine lautere und reine Seele, kannte er keine Kabalen und Ränke, sondern ging ruhig seinen Weg, ohne jemanden zu befehden oder der Entfaltung eines musikalischen Talents im Wege zu stehen. Diesem gottbegnadeten Künstler war jeder Neid, jede klein= liche Gesinnung durchaus fremd. Obschon seine musikalische Richtung z. B. mit derjenigen Richard Wagners in dem schärfsten Kontrast stand, erkannte er doch willig die Bedeu= tung des großen Schöpfers des „Tannhäuser", des „Lohen= grin" und des „Fliegenden Holländer". Als ihm Ende der fünfziger Jahre die Zeitungen eine geschmacklose Aburteilung Wagners in den Mund legten, protestierte er in der Presse dagegen, indem er erklärte, daß er sich kein Urteil über seinen Kollegen anmaße, da er nur zufällig von einem deutschen Bade=Orchester einen Marsch von seiner Komposition gehört, der ihm übrigens sehr wohlgefallen habe, und daß er zu viel Achtung für einen Künstler hege, welcher das Gebiet seiner Kunst zu erweitern suche, um sich über ihn Scherze zu erlauben.

Wie bescheiden äußerte er sich Wagner gegenüber im Jahre 1860, während er von aller Welt gefeiert wurde, über seine eigene angebliche Bedeutungslosigkeit! „Es hätte aus mir was Rechtes werden können," sagte er zu ihm u. a., „wenn ich in Ihrem Lande geboren und gebildet worden wäre. „J'avai de la facilité et peut-être j'aurai pu arriver à quelque chose." Aber Italien ist zu jener Zeit nicht mehr das Land gewesen, wo ein ernsteres Streben namentlich gerade auf dem Gebiete der Opernmusik ange= regt und unterhalten hätte werden können; alles Höhere ist dort gewaltsam unterdrückt und das Volk eben nur auf eine Schlaraffen-Existenz angewiesen. So bin ich auch in meiner Jugend im Dienste dieser Tendenz aufgewachsen, habe nach links und rechts greifen müssen, um eben nur zu leben zu haben. Als ich mit der Zeit in bessere Lagen geraten, ist es für mich zu spät gewesen. Ich würde eine Mühe haben aufwenden müssen, welche mir im reiferen Alter beschwerlich gefallen wäre. Somit möchten ernstere Geister mild über mich urteilen. Ich selbst beanspruche nicht, unter die Heroen gezählt zu werden; nur ist es mir nicht gleichgültig, wenn ich so niedrig geachtet werden sollte, daß ich unter die schalen Verspötter ernster Bestrebungen gehören könnte."

Mit Recht bemerkt Wagner zu der angeführten Äußerung Rossinis, daß dieser den Eindruck eines der größten und verehrungswürdigsten Menschen, die ihm bisher in der Kunstwelt begegnet seien, gemacht habe.

Ich habe schon oben erwähnt, daß er Meyerbeer die Wege des Erfolgs ebnete. Ebenso war er allezeit bereit, ihm zugesandte Kompositionen zu prüfen und in eingehendster Weise sein Urteil darüber abzugeben. Aus der Fülle der brieflichen Äußerungen kritischer Art mag nur das nachstehende, in der Stiftsbibliothek zu Monte Casino befindliche Schreiben hier mitgeteilt werden:*)

„Dem hochwürdigen Vater Don Plaudo Abela, ausgezeichneten Komponisten in Monte Casino, San Germano, Exkönigreich Neapel.

Passy bei Paris, 17. Okt. 1866.

Verehrtester Vater!

Ich habe die Pflicht, Ihnen anzuzeigen, daß ich am 5. d. M. Ihr geschätztes Schreiben, zugleich mit Ihren geistlichen Musikkompositionen, empfangen habe. Wie Ew. Hoch-

---

*) Vergl. La Mara, „Musikerbriefe", 2. Bd., S. 112 ff.

7

würden sich vorstellen können, habe ich von Ihren sechs
Arbeiten bereits vier mit lebhaftem Interesse durchgelesen.
Sie haben verstanden, die Gelehrsamkeit mit einer Einfach=
heit, Klarheit und Eleganz zu vereinigen, welche sie zu
Mustern macht, die ich nachgeahmt zu sehen wünschte! Ge=
nehmigen Sie, verehrtester Vater, den Tribut meiner Be=
wunderung und meiner warmen Dankbarkeit für die wert=
volle Güte, mit der es Ihnen gefiel, mich zu beschenken.
Sicherlich werde ich keine Gelegenheit versäumen, die jungen
Komponisten aufzufordern, Ihrem Beispiel zu folgen und
die so in Verfall geratene religiöse Musik wenn möglich
wieder zu ihrem ehemaligen Glanze zu bringen. . . .
    Seien Sie überzeugt, daß ich bin
            Ihr aufrichtiger Schätzer und Diener
                        Rossini."
    Dieser merkwürdige Mann hatte seine Absonderlichkeiten
und Eigentümlichkeiten. So benutzte er z. B. nie die Eisen=
bahn, sondern fuhr immer nach alter Weise mit Postpferden;
als nach dem Tode Vincenzo Bellinis einmal die Rede
darauf kam, daß die Stadt Catania dessen Asche von Paris
reklamiere, sagte Rossini: „Meine Asche aber soll in Frank=
reich bleiben. Die Racker von Eisenbahnen sollen mich so
wenig tot als lebendig zum Transport bekommen."
    Allezeit war er, seinem Naturell getreu, ein heiterer,
ausgelassener und witziger Sohn Italiens. Besonders wenn
er italienisch sprach und im vertrauteren Kreise sich befand,
war er die wahrhafte Verkörperung des „Barbiers von
Sevilla": der lustige Landsmann Pasquinos, Castis, Gozzis.
    Berühmt und gefürchtet war sein Humor. Er gehörte
entschieden zu den geistreichsten und witzigsten Köpfen unseres
Jahrhunderts.
    Das Bild, welches Felix Mendelssohn=Bartholdy von
dem interessanten Satiriker aus dem Jahre 1836 entwirft,
zeichnet in großen Zügen die Eigenarten desselben durchaus
zutreffend. „Rossini," sagt Mendelssohn, „groß und breit,

ist in liebenswürdigster Sonntagslaune. Ich kenne wahrlich wenig Menschen, die so amüsant und geistreich sein können, wie der, wenn er will. Wir kamen die ganze Zeit aus dem Lachen nicht heraus.... Von Paris und allen Musikern dort, von sich selbst und seinen Kompositionen erzählt er die lächerlichsten und lustigsten Dinge, und hat vor allen gegenwärtigen Menschen so ungeheuren Respekt, daß man ihm wirklich glauben könnte, wenn man keine Augen hätte, um sein kluges Gesicht dabei zu sehen. Aber Geist und Lebendigkeit und Witz in allen Mienen und in jedem Wort, und wer ihn nicht für ein Genie hält, der muß ihn nur einmal so predigen hören und er wird dann seine Meinung schon ändern."

Hier zum Schluß nur noch einige Bonmots und heitere Züge aus seinem Leben.

Seinem bescheidenen Sinn widerstrebte es höchlich, wenn man ihm Lobeserhebungen ins Gesicht sagte; da wurde er entweder aufgebracht oder hatte immer ein sarkastisches Wort auf der Zunge. So rief einst die berühmte Madame P. in ihrer Ekstase, als sie sich bei ihm in größerer Gesellschaft befand: „Wie soll ich Sie nennen? ‚Monsieur Rossini‘, das klingt so langweilig, prosaisch — soll man Sie Maëstro, Heros, Dio nennen?" — „Appellez moi mon lapin!" (Nennen Sie mich „mein Kaninchen"!) antwortete Rossini mit komischer Gebärde. So hatte er für jede Erhitzung das kalte Bad eines satirischen „Schlagers".

In seinen letzten Jahren komponierte er mancherlei für Klavier, was in einer der Soireen von einem italienischen Virtuosen vortrefflich exekutiert wurde. Der Beifall der Zuhörer war natürlich ungeheuer. Rossini ging während des Konzertes in einem zweiten Zimmer auf und ab, ohne zuzuhören. Als der Beifallssturm ausbrach, waren mehrere der Anwesenden taktlos genug, zu Rossini zu gehen und ihm zuzurufen: „O, quel talent!" (O, welches Talent!) Fein lächelnd verbeugte sich der Maëstro, indem er sagte: „Déci-

7*

dément, je commence à me faire une réputation."
(Ganz bestimmt, ich fange an, mir einen gewissen Ruf zu
verschaffen.)

Die Selbstpersiflage gehörte mit zu den Schnurren des
Meisters. Es ärgerte ihn z. B. immer, wenn man ihn
„le cygne de Pesaro" (ben Schwan von Pesaro) nannte,
und deßhalb unterzeichnete er einmal in einer burschikosen
Stimmung ein Einladungsschreiben: „Gioachino Rossini, le
singe de Pesaro" (der Affe von Pesaro).

Am Rande der Briefe, welche er seiner Mutter zu
schreiben pflegte, befand sich zuweilen eine größere oder kleinere Flasche abgemalt: je nachdem eine seiner Opern großes
oder kleines Fiasko — das italienische Wort „Fiasco" heißt
eigentlich Flasche — gemacht hatte.

Auch in Briefen kommt der köstliche Humor und die
feine Ironie Rossinis oft in erheiternbster Weise zur Geltung. So schrieb er einst das nachstehende Dankschreiben
„an den geehrten Herrn Giuseppe Bellentari, Pökelfleischhändler in Modena":*)

„Der sogenannte Schwan von Pesaro an den
Abler der Estensischen Pökelfleischhändler.

Sie haben, indem Sie mich mit eigens bereiteten Zam-
poni**) und Cappelleti***) versahen, einen höchsten Flug
um meinetwillen entfalten wollen, und es ist billig, daß ich,
gleichsam aus der Tiefe der vaterländischen Sümpfe des
antiken Padusa, einen lauten Schrei besonderen Dankes für
Sie erhebe. Ich fand die Kollektion Ihrer Werke nach allen
Seiten vollkommen, und mit mir erprobten alle diejenigen
Ihre Meisterschaft, die das Glück hatten, sich an der Fein-
heit Ihrer berühmten Erzeugnisse zu ergötzen. Ich setze
Ihr Lob nicht in Musik, denn, wie ich Ihnen schon früher

---

*) Das italienische Autograph in der Biblioteca Estense in Modena.
Vergl. La Mara, „Musikerbriefe", 2. Bd., S. 109 ff.
**) Pökelschweinefleisch, das in Schweinsfüße eingefüllt ist.
***) Dasselbe, in Form der breieckigen italienischen Priesterhüte.

schrieb, inmitten all des Lärms der harmonischen Welt be=
haupte ich mich als Exkompositor. Gut für mich und besser
für Sie. Sie verstehen gewisse Tasten anzuschlagen, die den
Gaumen befriedigen, der noch ein sicherer Richter als das
Ohr ist, da er sich in seinem äußersten Punkte auf die Fein=
heit des Tastgefühls stützt, welcher der Anfang aller Lebens=
äußerung ist. Nur eine einzige dieser Tasten schlage ich,
Ihnen zu gefallen, an: nämlich die meiner tief empfundensten
Dankbarkeit für alle Ihre Bemühungen, und ich wünsche,
daß sie Ihnen als ein Antrieb zu immer höherem Fluge
dienen, um Ihnen die Lorbeerkrone zu verdienen, mit der
Sie gern umkränzte

Ihr dankbarster Diener

Florenz, 28. Dez. 1853.   Gioachino Rossini."

In einem Briefe an einen jungen Komponisten, der ihn
um Rat bat, wann man am besten die Ouvertüre zu einer
Oper schreibe, antwortete er: „Warten Sie bis zum Abend
vor dem Tag der Aufführung, nichts stachelt den Geist mehr
an, als die drängende Notwendigkeit, die Gegenwart eines
Kopisten, der auf die Arbeit wartet, und das Zanken eines
Impresarios in Ängsten, der sich die Haare büschelweise aus=
reißt. Zu meiner Zeit hatten in Italien alle Impresarii
mit dreißig Jahren einen kahlen Kopf."

Franz Liszt hatte von seinem Sarkasmus viel zu leiden.
Einem Orchestermitglied, welches Rossini sein Leid klagte,
daß die Noten der Lisztschen Messe nicht zu lesen seien, gab
der Maëstro lächelnd zur Antwort: „L'Abbé compose main-
tenant des messes, pour s'habituer de les lire." (Liszt kom=
poniert jetzt Messen, um sich daran zu gewöhnen, sie zu lesen.)

Einst sagte er von dem alt gewordenen Liszt: „Ich be=
wundere ihn, den romantischen Künstler, der in der Welt
gleiches Aufsehen mit seinen Abenteuern als mit der Kraft
seines Handgelenks macht, der, mit dem Priesterrock bekleidet,
in Paris Visitenkarten in folgendem Lapidarstil austeilt:
‚Franz Liszt im Vatikan'. Als Jüngling zog er die Blicke

und Herzen der Frauen auf sich mit seinem elegischen, in=
teressanten, leidenschaftlichen Aussehen. Sobald das Alter
herannahte und seine langen Haare die blasse Färbung des
Winters annahmen, begriff der Künstler, daß er ihnen in
anderer Tonart ihren poetischen Charakter bewahren mußte.
Er ging also von dem hohen C des Tenor zum tiefen, feier=
lichen Baß hinab. Eines Tages wollte der berühmte Pianist
Thalberg mit ihm auf dem Klavier wetteifern. ‚Nur,'
sagte er zu Liszt, ‚wollen wir beide hinter einem Vorhang,
den Blicken der Zuschauer entrückt, spielen.' Doch Liszt
wußte nur zu genau, daß sein langes Gesicht, seine langen
Haare und langen Hände einen magischen Einfluß auf das
Publikum ausübten. Er sagte deshalb nein."

Folgendes heitere Scherzwort bezeichnet seine Stellung
zu — Offenbach. In einer fidelen Gesellschaft fragte man
ihn nach der Bedeutung von Bach. Noch ehe er sich zu
einer Antwort anschickte, unterbrach ihn sein Nachbar: „Und
was halten Sie von Offenbach?" — „Ich bin kein Bach,"
erwiderte Rossini, „aber ich bin glücklich, kein Offenbach
zu sein."

Ich habe schon erwähnt, daß er ein gewaltiger Gour=
mand war. Zu Wetten stets bereit, gewann er meistens
dieselben. Dies war ihm auch im Foyer der italienischen
Oper in Paris passiert, wo ihm einst ein Bekannter einen
Truthahn zum Gegenstand seiner Wette vorschlug. Er ge=
wann und er erwartete die Einladung für das Mittagessen.
Diese blieb jedoch aus und er wurde unruhig. Endlich er=
innerte er den Freund an die Wette. Derselbe äußerte, er
habe erfahren, daß die Trüffeln nicht die völlige Reife und
das Parfüm hätten. „Lieber Freund," erwiderte Rossini,
„dieses Gerücht haben die Truthähne ausgesprengt. Lassen
Sie sich dadurch nicht irre führen." Am anderen Tage
schon stak der Truthahn am Spieße.

Einst schrieb ihm ein Autographenjäger, er möge ihm
doch nur zwei Zeilen — „deux lignes" — als Antwort

schicken. Da „ligne" aber auch „Angel" heißt, antwortete der eifrige Fischer: „Zuvörderst muß ich wissen, ob die deux lignes für Karpfen, Hechte oder — Grünblinge sein sollen."

Einst stand jemand in einem kleinen Pariser Theater dicht hinter dem Orchester. „Mein Herr," fragte er einen der Musiker, „können Sie mir wohl sagen, von wem das Musikstück ist, welches soeben gespielt wurde?" — „Ich weiß es nicht, mein Herr," war die Antwort. Der Fremde richtete hierauf die Frage an drei, vier andere; immer dieselbe Antwort. Dieses anhaltende Fragen wurde im Zwischenakt von den Musikern dem Kapellmeister erzählt, der darüber in die Worte ausbrach: „Wie, ihr und jener Mensch wußtet nicht einmal, daß die Musik von Mozart war? Den Mann will ich kennen lernen." Er wandte sich hierauf zu dem Fragenden. Wie staunte er aber, als er Rossini erblickte. „Maëstro," sagte er, sich ihm höflich nähernd, „das Stück, welches eben gespielt wurde, ist aus der Partitur des ‚Don Juan'." — „Ich danke Ihnen mein Herr," erwiderte Rossini, „ich habe es nicht gleich wiedererkannt."

Die Frauensoli in Rossinis „Stabat mater" wurden auf dem Musikfest zu Bologna von Frau Degli-Antoni und Fräulein Clara Novello gesungen. Ein Musikkenner äußerte mit Bedauern, daß die Novello zwar eine herrliche Stimme, aber durchaus kein dramatisches Talent besitze. „Das ist wahr," antwortete Rossini, „aber ich hoffe, daß sie es auch nicht bekommt! Mit ihrer dramatischen Wut machen die Sänger uns in jetziger Zeit ein halbes Jahr Freude und schreien uns dann die ganze übrige Zeit ihres Lebens die Ohren zum Rasendwerden voll." An Belegen dafür fehlt es auch in der Gegenwart leider nicht.

Ende.

Inhaltsverzeichnis.

Verlag von Philipp Reclam jun. in Leipzig.

☛ Opernbücher. ☚

Herausgegeben von C. F. Wittmann.

Enthalten den vollständigen Text der Gesänge und Dialoge, die vollständige Inscenirung, die bei den Aufführungen üblichen Striche in Klammern, sowie kurze Geschichte, Charakteristik der Oper und der einzelnen Partien und biogr. Notizen über den Komponisten und Autor.

Der Barbier von Sevilla.*) Rossini. (Univ.-Bibl. No. 2937.)
Der Blitz. Halévy. (Universal-Bibliothek No. 2866.)
Czaar und Zimmermann. Lortzing. (Univ.-Bibl. No. 2549.)
Don Juan.*) Mozart. (Universal-Bibliothek No. 2646.)
Die beiden Schützen. Lortzing. (Universal-Bibliothek No. 2798.)
Euryanthe. Weber. (Universal-Bibliothek No. 2677.)
Entführung a. d. Serail.*) Mozart. (Univ.-Bibl. No. 2667.)
Fra Diavolo. Auber. (Universal-Bibliothek No. 2689.)
Fidelio. Beethoven. (Universal-Bibliothek No. 2555.)
Figaros Hochzeit.*) Mozart. (Universal-Bibliothek No. 2655.)
Der Freischütz.*) Weber. (Universal-Bibliothek No. 2530.)
Hans Heiling. Marschner. (Universal-Bibliothek No. 3462.)
Die Hugenotten. Meyerbeer. (Univ.-Bibliothek No. 3651.)
Johann von Paris.*) Boieldieu. (Universal-Bibliothek No. 3153.)
Joseph u. s. Brüder in Egypten.*) Méhul. (Univ.-Bibl. No. 3117.)
Die Jüdin. Halévy. (Universal-Bibliothek No. 2826.)
Lucia von Lammermoor. Donizetti. (Univ.-Bibl. No. 3795.)
Marie oder Die Regimentstochter. Donizetti. (Univ.-Bibl. No. 3738.)
Maurer und Schlosser.*) Auber. (Universal-Bibliothek No. 3037.)
Das Nachtlager von Granada. Kreutzer. (Univ.-Bibl. No. 3768.)
Oberon. Weber. (Universal-Bibliothek No. 2774.)
Der Postillon v. Conjumeau. Adam. (Univ.-Bibl. No. 2749.)
Der Prophet. Meyerbeer. (Universal-Bibliothek No. 3715.)
Ratcliff. Mascagni-Bavrinecz. (Universal-Bibliothek No. 3460.)
Robert der Teufel. Meyerbeer. (Univ.-Bibl. No. 3596.)
Rosmunda. Bavrinecz. (Universal-Bibliothek No. 3270.)
Santa Chiara. Ernst, Herz. z. S. -Coburg-G. (Univ.-Bibl. No. 2917.)
Der schwarze Domino. Auber. (Universal-Bibliothek No. 3358.)
Wilhelm Tell. Rossini. (Universal-Bibliothek No. 3015.)
Der Templer und die Jüdin. Marschner. (Univ.-Bibl. No. 3553.)
Des Teufels Anteil. Auber. (Universal-Bibliothek No. 3313.)
Undine. Lortzing. (Universal-Bibliothek No. 2626.)
Der Vampyr. Marschner. (Universal-Bibliothek No. 3517.)
Der Waffenschmied. Lortzing. (Universal-Bibliothek No. 2569.)
Der Wasserträger.*) Cherubini. (Universal-Bibliothek No. 3226.)
Die weiße Dame.*) Boieldieu. (Universal-Bibliothek No. 2892.)
Der Wildschütz. Lortzing. (Universal-Bibliothek No. 2760.)
Zampa oder Die Marmorbraut.*) Herold. (Univ.-Bibl. No. 3185.)
Die Zauberflöte.*) Mozart. (Universal-Bibliothek No. 2620.)

Jedes Opernbuch ist für 20 Pf. einzeln käuflich.

*) Der vollständige Klavier-Auszug ist im gleichen Verlage erschienen und für 2 Mark zu haben.

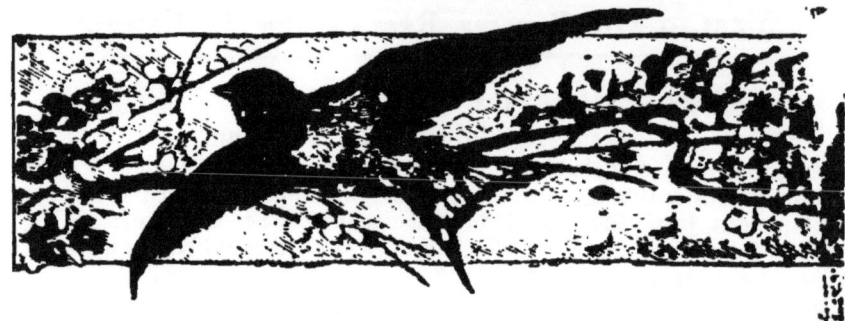

Jeder Gebildete, der in unserer materiellen Zeit
Bedürfnis geistiger Anregung fühlt, wird in

Reclams Universum

eine Quelle reiner Freude und Belehrung finden. Die
vornehm denkenden Kreisen längst nach Verdienst g...
illustrierte Zeitschrift hat sich während ihres nunmehr 1...
Bestehens zu einer litterarisch wie künstlerisch hochbed...
Revue ausgebildet, in der alle berechtigten Richtungen de...
Litteratur, alle wichtigen Erscheinungen und Entdecku...
dem Gebiete der Kunst, Naturwissenschaft, Völker= und
kunde sowie alle Begebenheiten von aktuellem Interess...
mäßige Berücksichtigung finden.

Reclams Universum zeichnet sich durch seine künstle...
technisch gleich vortrefflich ausgeführten Illustrationen c...
meidet jedoch alle jene wohlfeilen Farbenkleckfereien, durc...
so viele andere Zeitschriften auf den anspruchslosen E...
der großen Menge zu wirken pflegen. Reclams Univer...
ein Format, das seiner Handlichkeit wegen eine bequeme...
der Hefte gestattet und dennoch groß genug ist, um d...
führung aller bildlichen Darstellungen in einer vollendete...
und in getreuer Wiedergabe der Originale zu ermöglic...

Wer Reclams Universum noch nicht kennt, versäum...
sich die bisher erschienenen Hefte von seiner Buchhandlu...
legen zu lassen.

Alle 14 Tage erscheint ein Heft.

Zu beziehen durch alle Buchhandlungen und Postanstal...

Probehefte gegen Einsendung von 20 Pfennig für Porto d...
Verleger **Philipp Reclam jun. in Leipzig** gratis.